～今をときめく
宰相補佐様と
関係をもつ
なんて～
姫様、無理です!

MELISSA

姫様、無理です！
～今をときめく宰相補佐様と関係をもつなんて～

竹輪

Illustrator
三浦ひらく

この作品はフィクションです。
実際の人物・団体・事件などに一切関係ありません。

姫様、無理です！

～今をときめく宰相補佐様と関係をもつなんて～

M
MELISSA

未来は誰にも分からない――予測不可能な結婚

――結婚前は私のことを一番に考えてくれる人だったのに、今はその面影もありません。毎日足の悪い大姑のお世話をしても感謝もなく。姑は理不尽に厳しく、子ができない私に嫌味を忘れません。あの人は目の前で私が嫌味を言われても知らん顔です。

フェリ。やはり結婚は墓場でした。今すぐ城に帰りたいです。あなたと働いていたあの頃に戻りたいです。

「はあ」

一年前に嫁いで退職していった親友オリビアからの手紙にため息しか出ません。

城で働く侍女は大抵二種類に分類されます。その一つは良縁を望んで来る者。これはもうあからさまな娘が多くて、仕事よりもいかに条件の良い男性を捕まえるかに命をかけ、服装と身だしなみに余念がありません。

もう一つは仕事を頑張って経験を積む者。こちらは正直率先して目指す娘はいません。おしゃれをするにも資金も興味もなく、毎日教本とにらめっこするしかなかった貧乏貴族の親友と私は仕事で上を目指すしかなかったのです。そうやって二人、切磋琢磨して過ごす毎日でしたが親友は医療部で事務として働いていた田舎貴族の長男に口説き落とされて泣く泣く侍女を辞めて嫁いでいきました。
彼女が泣く泣く辞めたのには理由があります。私と彼女は二年前に王妃様付きの侍女に大抜擢されたところで、こんな光栄なことはまたとなく、彼女を嫁に貰った彼もそれを誇らしく掲げて田舎に戻ったものです。

それなのに。

墓場とは。

王妃様付きの侍女と言ってもメインのお世話をする者が八名。裏方の仕事をする者が二名。そしてその他もろもろの準備を行う者が一名います。一番下っ端がその他もろもろの一人で一番若輩者になります。つまりそれが私です。
王妃様は思慮深く、滅多なことはおっしゃらないのでとても良い職場と言えます。とはいえ、マナーや仕草などは厳しく、加えて外国語も最低三カ国語はできなくてはなりません。並々ならぬ努力がなくては王妃様付きの侍女にはなれないのです。

鐘の音が聞こえて休憩時間が終わりを告げます。親友の手紙をポケットにしまって食堂を後にしました。王妃様にお客様がおいでになるということで、お庭の見えるサロンの使用許可を宰相様に貰っておかなければなりません。あのサロンは王妃様専用と言っても過言ではありませんが許可を取っておかないと万が一どなたかとバッティングしてしまうと大変です。

私が許可を貰いに執務室のある東棟へ向かうと、そこいらで働いている侍女から熱いまなざしで見られます。彼女たちは前途有望な男性が集まる場所へ向かう私が羨ましいのです。

東棟とは国の政務などの仕事にかかわる方が集まっており、そのほとんどが男性です。意味もなく彷徨(さまよ)う城勤めの娘がいて仕事にならないと十数年前から東棟の守衛の方が通る人をチェックするようになってしまいました。つまり理由がないと東棟へは行けないのです。

「フェリ！　東の棟に行くの？　宰相様のところなら私もついていっていいかしら？」

見知った声に顔を向ければ以前同じ職場で勤めていた人です。馴(な)れ馴れしく言われてもさして仲良くはなかったはずです。

「……いいわけないでしょう？　すみませんが、先を急ぎますので」

「ちょっとくらいいいでしょ！　ケチ！」

「ケチと言われても。私だって部外者なので行きにくい場所なのですよ？　関係のない貴方を連れていくなんてありえないでしょう」

「東棟にはラメル様がいらっしゃるのだもの！　ああ～お近くで拝見できるだけでいいわ～」

「ラメル様って宰相補佐様ですよね？　私は宰相様のところへ行くのですよ？」

「ラメル様は宰相様のご子息だもの！　もしかしたらいらっしゃるかもしれないでしょ！　それに別に部屋にいらっしゃらなくたっていいのよ。万が一東棟のどこかでお見受けできるかもしれないじゃない！　そうしたら見初められるかもしれないし！　そうでなくとも、せめて同じ空気を吸うだけでもいいわ！」

「宰相補佐様なら立派なご婚約者がおられるのでしょう？」

「それがまだ決まっておられないのよ！　ソテラ家は『恋愛結婚』推奨ですってよ！　私にだってチャンスはあるわ！」

「そうは言っても公爵家ですよ？　格が違いますよ。相手にされるわけがないじゃないですか」

「いやねぇ。わかってるわよ。夢を見るくらいいいじゃない！　目の保養！　あんな美男子滅多にお目にかかれないもの！　本命は東棟を歩いてる下っ端でいいの！」

「下っ端って、それでも十分皆さん優秀な方々ですよ……先を急ぎますので」

「あ！　ま、待ってよ！」

振り切って東棟に急ぎ足を進めます。彼女が言っているラメル様というのは、ソテラ宰相様のご長男で次期宰相であると噂(うわさ)される宰相補佐の一人。

　宰相職は世襲制ではないのでそれだけラメル様の実力があってその職につかれているということです。それに加えてたいそうな美男子だそうで。笑ったところを見たこともないというその冷たい感じさえもしびれ、うっとりするほどの容姿……らしいです。正直、遠目でしか見たことはありません。大体、宰相様だって私たちにとっては雲の上の存在なのです。私のような者にも気安く接してくださいますが間違ってもご子息であるソテラ宰相補佐様に懸想しようものならとんだ罰当たりです。

　また誰かに声をかけられて面倒事にならないようにと早足で宰相様がいるお部屋に急ぎました。ここでいつもなら深呼吸してから扉を開けるのですが、焦ったこともあり声をかけると同時にドアを開けてしまいました。


「ソテラ宰相様。いらっしゃいますでしょうか」

　すると同時に中にいた人物と肩がぶつかってしまいます。

　あ、と思った時に一瞬だけ背中を支えられました。

「大丈夫ですか？」

「あ、はい」

　蜂蜜色の金の髪がふわりと揺れていました。まるで神様に愛されて作られたような造形です。意志の強そうなきりりとした眉に長い睫(まつげ)毛に縁どられたグリーンの瞳。陶器のような美しい肌。形のいい

少し薄い唇――ソテラ宰相補佐様です。

一瞬だけこちらの無事を確認して、ソテラ宰相補佐様はその場から颯爽と去っていきました。さすがは皆が騒ぐ美男子です。間近で見ても恐ろしいほどの整い具合でした。

触れられた背中が熱い気がします。なんですか、あの嫌味のない洗練された動き。王妃様と連なる高貴な血統の気品を感じました。これは同じ空気でもいいから吸いたくなる気持ちもわかります。

「サロンの許可かね？」

私が来たことを察してソテラ宰相様が手を出されました。はっと慌てて頷いて書類を差し出すと、チラリとカレンダーを確認してサインしてくださいました。ジッとソテラ宰相様を見てしまいます。ソテラ宰相様は明るい茶髪で水色の瞳。貫禄のあるお顔です。意志の強そうな目元の面影は血統を感じますがどうやらソテラ宰相補佐様はお母様似でいらっしゃるようです。

「ありがとうございました」

「いえ。いつも思うが君は字が綺麗だね」

宰相様に褒められてちょっと浮き足立ちながら部屋を退出します。無事に宰相様からサロンの使用の許可を貰って王妃様のところへ戻りながら、ソテラ宰相補佐様の顔を思い出しました。

あれだけ美しくて優秀で家柄もいいのだから、どんなコネを使ってでもお近づきになりたいと思う人がいるのも当然だと感心したりするのでした。私には到底届かない世界です。

そうして王妃様の元で頑張って働いていこうと毎日を過ごしていた私に突然の辞令が下りたのは、

春のことでした。

その日の朝も、いつも通り王妃様の温室で、仲良くなったおじいちゃん庭師のマイローに花を分けてもらってから、王妃様の部屋に向かっていました。部屋の空気を入れ替えて朝の室内の掃除を終えて花瓶に花を生けたところで、王妃様から急なお呼び出しがあったのです。

こんなに朝早く。嫌な予感しかしません。

内心、何かしくじったかとも思いましたが、ここのところの噂によって残念ながら大体の予想はついていました。

「とうとうフローラの侍女を辞めてしまった者が二十九人になってしまったの。もう、フローラのことを頼める人材がいないのよ。侍女長に相談したら貴方が適任ではないかと推薦してもらったの。あの子が外に嫁ぐまででいいの。それが終わったらまた私のところへ戻ってきてもらえたらいいから」

いつもより早く起床された王妃様は多分、私と話をするために準備されていたのでしょう。すでに身支度を整えて座ってらっしゃいました。王妃様の隣には侍女長が立っておられます。――ということは私にはもう拒否権はないのです。

「かしこまりました」

「ありがとうフェリ！　特別手当も出しますからね！」

「では、明日からの打ち合わせをいたしましょう」

私が絞り出した声に王妃様が明るくお礼をおっしゃってくださいました。

嫁ぐまでとおっしゃいましたが、十七歳の姫様が嫁ぐのは早くても二年後です。最悪の場合、三年以上も見ておかなくてはなりません。そして、侍女長が承諾しているということはもう王妃様の侍女である私の後任は決まっているのでしょう。

ああ。これは体のいい首切りではないのかと思ってしまいます。項垂（うなだ）れていると侍女長が声をかけてくださいました。

「フェリ、貴方に落ち度があって王妃様付きの侍女から外されるのではありません。むしろ、貴方しか適任者がいなかったのです。姫様のお世話が終われば戻ってくればいいのですよ」

「……本当ですか？」

「不安にさせてごめんなさいね。詳しくはきちんと文章にして後で書類を出すようにするわ。貴方も噂は聞いていると思うの。今回で侍女を変えるのは最後だとフローラにも話はしてあります。もしもあの子が貴方を解雇すると言い出しても、聞くことはないわ。私と国王の権限で貴方を守ります。もう貴方に頼むしか方法がないのよ」

どうして私が王妃様付きから姫様付きに変わることにこんなに落ち込むのかというと理由があります。この姫様というのが曲者（くせもの）なのです。

すでに二十九人もの侍女を辞めさせた猛者である御年十七歳のフローラ姫は国王夫婦が可愛がる王女様です。が。一人娘を可愛がるあまり姫様は我がままに育ってしまいました。というか正直性格が残念なのです。姫様の上に王子であるお兄様が三人います。王子様方は幼い頃から厳しく躾けられたというのに四番目に生まれた待望の王女様には蝶よ花よと大抵のことはすぐに要望を叶えてしまうような育て方をなさったのです。それでもお小さい頃はなんとか皆対処してきたのですが、学園に通い出してからというものその強烈な性格に拍車がかかり、陰では『侍女殺し』などという恐ろしい二つ名を持っています。城で働く侍女の近づきたくない人物不動のナンバーワンを勝ち取っている方なのです。

「フェリ。貴方なら上手くやれると信じています」

侍女長が私に小声で言ってくれましたが全然嬉しくありません。声を出したらどうして私を推薦なんてしたのですかと叫んでしまいそうです。けれど、貧乏男爵の娘の私に後ろ盾などはなく、この事態を回避するすべはないのです。

その日は眠るのが悲しく思えました。

目が覚めれば私は姫様付きの侍女になっているのですから。

＊＊＊

「フェリ＝エモナルです。今日からこちらでフローラ姫様のお世話をさせていただくことになりました。よろしくお願いいたします」

侍女長と一緒に姫様にご挨拶しました。正直、顔をまともに拝見するのは初めてでジッと見つめてしまいました。

「ふううん」

姫様はこちらをチラリとも見ずご自分の指の爪の飾りばかり気にしておられました。姫様は大変ファッションに興味があり、そのせいかご衣装代がものすごいことになっていると聞いていました。確かに髪型も着ている服も洒落(しゃれ)ているように思えます。

ただ、ご容姿は残念なことに国王様に瓜(うり)二つの狸(たぬき)顔。ピンクゴールドの髪色に濃茶の瞳。見ようによっては可愛いですが、上のお兄様方は皆王妃様似のなかなかの美男子。女の子なのにどうして姫様だけが……。と思うと少しお気の毒です。

「とりあえず、お茶でも入れなさいよ」

そう言われて早速お茶の準備にかかりました。すでに持ってきたカートの上のティーセットを使ってお茶を出すと姫様は無言でそれを受け取り、勢いよく床に零(こぼ)しました。

「え」

さすがにこれには私も言葉がありません。

「ダサいティーカップでなんか飲めないわ。床、掃除しといてね」

「……かしこまりました」

颯爽と立ち上がって奥の部屋に行く姫様の背中を見て。

私の頭の中には戦いの銅鑼(どら)の音が響いたのです。

「おはようございます。姫様」

朝の姫様は寝ぼけていてキレがありません。唯一姫様が幼く、可愛く見える数分の時間です。かといってまったく癒(いや)されたりはしません。ええ。まったく。この数週間で大体姫様のことが分かってきました。

差し出した洗面器に姫様が指をつけます。

「熱いわ！　火傷(やけど)させる気なの!?」

姫様がそうおっしゃるとすかさず用意しておいた氷を洗面器に放り込みます。

「……今度はぬるいわ」

次は黙って湯を足します。結局姫様が気づいているのかは疑問ですが最初の温度に戻っています。

まあ、難癖をつけたいだけのようですので毎朝このやり取りが続いています。儀式のようなものです。

お顔を洗い終わるとタオルを差し出します。最初ここでも柔らかさなど文句をつけられましたが数種類を持って並べていたら、もうこれでいいと一つにお気に入りを決めてくださいました。

ここから、化粧水など施し、化粧をされます。その時間は真剣そのもので邪魔さえしなければ平和です。姫様がご自分のお顔と戦っている間に洗面器などを片づけてお茶を入れます。ティーカップは王妃様からいただいてまいりました。さすがの姫様もお母様のお勧めのカップに文句などはおっしゃらないようで助かります。


さて問題は次です。学園をご卒業された姫様は今、花嫁修業という名の勉強をされています。ご婚約者とされるアレドリア様の国の公用語を習われているのです。近隣国なので大体は同じなのですが、ニュアンスや発音が変わる場合があるので社交の場で恥をかかないためにもきちんと身につけなければなりません。

意外にも学園での成績はトップクラスだったらしいのですが今は違うところでその実力を発揮されています。

「今日は頭が痛いから語学と歴史の授業はキャンセルして」

「昨日は足が痛いとダンスのレッスンをキャンセルいたしましたが、本日は頭痛なのですね。お医者様をお呼びいたしましょう」

「休んだら治るのだから、呼ばなくていいわ」

「姫様に何かあったら大変です。そんなわけにはいきません」

「だったら！　……もう、いいわ。頭痛は気のせいだったみたい。お医者様は呼ばなくていいから」

「それでは授業はお受けになりますね？」

「あの教師、ちょっと教え方が良くないんじゃないかしら」

「姫様、もう代わりはどこにもいないのです。……私を含めて」

「む、むう……」

姫様が私を見て分かりやすく頬を膨らませて怒っています。これは後で何かされそうです。とは言ってもスケジュール通りに動いてくださらないと困ります。王妃様が自ら頭を下げてやっと来ていただいている教師の皆様にもご予定があるのですから。


その後は直しておけと渡されたドレスにカエルが仕込まれていたり、シーツの匂いが気に入らないと洗い直しさせられましたが、その他はいたって平和に過ごしました。

姫様付きの侍女となって姫様の我がままをそれなりに引き受けたり、かわしたりして三カ月ほど経ちました。思いがけず続いていることに王妃様からも感謝されています。特別手当も出ていますのでそれだけが今のところのやりがいです。なんとかこのまま私を姫様付きで頑張らせたいと思っていらっしゃるのか王妃様の侍女を外されても王妃様の温室に入ることを許されているのは私だけでした。

「ふうぅ」

王妃様の温室はとても立派です。異国の珍しい花や野花のようなものまでたくさんの植物が栽培されています。上部がガラスの建物も陽光を十分に取り入れる作りで見上げるとキラキラと美しく、小さな小川のようなものまで作られています。

「フェリさん、いらっしゃい。今日も姫様の部屋に飾る花を持っていくの？」

「ごきげんよう、サニー。いつも綺麗なお花をありがとう。今日は姫様のご学友が遊びに来られるので中庭の東屋(あずまや)でお茶会をするの。薄絹とお花で飾るから、派手なお花をお願いしたいの」

温室を管理しているおじいちゃん庭師のマイローには学校帰りにお手伝いをしてくれるサニーという孫がいます。サニーは八歳になる男の子で温室のことも詳しく、彼がここにいる時は大抵のお花を見繕ってくれます。

「今日もお菓子ある？」

「ええ、学校で頑張ってきた？」

「スペルのテストは教室で一人だけ満点だったよ！　フェリさんが見てくれたおかげだけど」

「まあ、それではご褒美が必要ですね。クッキーはいかが？」

「クッキー!!　フェリさん、大好き！」

リスのように私があげたクッキーを頬張るサニーの可愛いこと。こうやってサニーにお菓子を分けている時間が最近の癒しです。姫様にサニーの百分の一ほどでも素直で可愛いところがあればもう少し救われるのに……。

テストの点を褒められ、クッキーも食べたサニーは張り切って派手なお花を集めてきてくれました。

足が鉛のように重く感じますが居心地の良い温室から中庭に花を持っていかなければなりません。サニーにお礼を告げて温室を出ます。姫様の元ご学友が姫様にアレドリア様とのご婚約祝いを持ってこられるということで朝からお客様を迎える準備に大忙しです。

ちょうどいいお天気でしたので中庭の東屋に薄絹で装飾を施し、お花を飾ってちょっとしたおしゃれなスペースを作りました。これは姫様の案で、こういう発想力には長けておられます。姫様は最新のドレスに身を包み、化粧という名の特殊メイクにも余念がありません。

姫様との関係は相変わらずですが、嫌がらせも『悪戯』程度のものに収まっていますし、まあ、我慢できないこともありません。どうやら姫様はご自分の容姿に酷くコンプレックスを持っていらっしゃるようで逆に服装や髪型のセンスなどを褒めて差し上げると喜ぶことが分かってきました。本当のことですしね。

噂では姫様は学生時代にボス的存在だったようで、今日来られるお二人も舎弟的な方のようです。祝いに来いだなんて普通は言えません。ええ。姫様らしいですけれど。

お昼過ぎには準備も整い、びくびくと姫様の顔色を窺いながらご令嬢が二人現れました。昔話に花が咲くのかは存じませんが、それなりにお祝いを頂いてその品物に軽く難癖をつけながらそれなりに姫様もお礼を言ったりしてその会は終わるはずでした。ところがご予定していた二人とは別にイケメン従者を連れた美女も東屋に来訪なさったのです。

「突然来てしまって申し訳ないわ。今日二人がフローラ様にお祝いを持っていくと聞いたので、私もお祝いしたくて来てしまったの」

ふわり、と柱にかけていた薄絹が風に煽られるように舞い上がりました。姫様の顔が苦虫を噛みつぶしたような顔になります。『来てしまったの』だけで王家の中庭に入れるということはかなり信頼のある家の方です。

濃紺の美しい髪がその白い肌を際立たせていました。ピンクの厚い唇。下がった眉に大きな零れそうな水色の瞳で少し困ったようにも見える表情はもう、この世の美しいものを寄せ集めたかのようで、思わず手を差し伸べてあげたくなるような儚さを持つ美少女でした。

「何しに来たのよ、セリーナ」

そんな繊細そうな美しい人に姫様が野獣のように吠えています。セリーナ様と言えば姫様の親戚筋なら経済界の首領フォード家のお嬢様でしょう。以前からものすごい美少女だというお噂は伺っています。

「そんな、貴方とアレドリア様のご婚約のお祝いをしに来ましたのよ？　エリオット」

にっこり笑うセリーナ様がイケメン従者から箱を受け取ると姫様に渡そうとしました。

バッコーン!!

姫様がその箱を受け取らずに払いのけます。宙に舞ったリボンのついた箱はクルクルと回転しながら地面へと落ちてしまいました。まさに、野獣です。手のつけようがありません。

「姫様！」

慌てて箱を取りに走ります。これ以上失礼があってはなりません。

「どういう風の吹き回しよ！　あんたが私に婚約祝い？　笑わせないで！」

激高する姫様になすすべもなく舎弟のお二人も手を取り合って震えておられます。

「そんなに興奮しないで。私も貴方にご報告があってね？」

「報告？」

「ここに来たのは城に用事があってのことですの」

「用事？」

「ええ。婚約者に会いに、ね？　私も婚約しましたのよ？　一番に貴方に教えて差し上げようと思いまして」

「え？」

「誰だと思います？」

「……まさか？」

「ふふふ。ラメル様です。貴方にも是非お祝いしてほしいわ」

「!!　帰れ！　この性悪女!!　あの冷血漢とならお似合いでしょうよ！」

「そんな酷いことを言われたら、いくら幼馴染でも傷つくわ……。ああ、ごめんなさいね？　良いのよ。フローラ様が投げたのですから」

持ってきてくださった箱がへこんでしまったのを私が姫様の代わりに謝罪すると、セリーナ様はにっこり笑って許してくださいました。なんてお優しいのでしょう！　姫様が野蛮に見えてしょうがありません！

「フェリ!!　そんな奴に謝る必要なんてないの！　追い返して！　塩よ！　塩を持ってきなさい!!」

何が気に入らないのでしょうか。セリーナ様が美少女だから。美少女だからですね。確かにこんなに綺麗な方と学園でずっと張り合ってこられたなら姫様も大変だったでしょう。

セリーナ様――ラメル様とご婚約されたのですね。美男美女です。おめでとうございます。姫様に代わって私がお祝い申し上げます。

しばらく姫様は野生動物のように手がつけられなくなりました。後に聞くと学生時代ずっと姫様とセリーナ様が派閥を作って対立していたとか。先に婚約が決まって姫様が少しリード……と思いきやセリーナ様もご婚約なさったとかでせっかくの優越感が台無しだったみたいです。学生時代のキーキー言ってセリーナ様に突っかかる姫様が容易に想像できました。

＊＊＊

「いい？　ラメルが私に惚(ほ)れるように暗示をかけるのよ？」

　その日はすがすがしいお天気でした。朝から姫様は洗面器の湯の温度に対しての儀式も行わず、ついにこの日が来たと私は感動に打ちひしがれておりました。姫様がおかしなことを言い出される前まではちょっとした幸せすら感じてしまう気分だったのです。

「え、と」

「あの底冷えのする無表情で愛想のない男が私に愛を乞うなんて、なーんて愉快なのかしら！」

　これと思いついた姫様の悪戯を実行するのはいつも他人です。悪趣味な提案をイヤイヤ引き受けた侍女の末路は全て寂しいものです。ちなみにフローラ姫の提案を断った侍女は過去クビになっています。横暴でしかありません。

　さて、底冷えのする無表情で愛想のない男と姫様に言われているラメル様。姫様付きになって詳しく知ったのですがフローラ姫の一番上のお兄様と同い年の二十六歳。独身でしたが先日挨拶に来られたセリーナ様と婚約を発表されています。公爵家の長男でお母様は国王の妹様。

　つまりフローラ姫とは従兄妹(いとこ)であって昔からフローラ姫の行動にはっきりと意見してきた人らしいです。はあ、あの美しいお二人が並んでいる姿を想像するだけでもため息が出そうです。

「……姫様」

「これがかの国より取り寄せた惚れ薬よ。これをキャンドルの火であぶりながら呪文を唱えると匂いを嗅いだ者は目の前にいる人物を好きになってしまうのですって！」

「呪文……それ、最近淑女の方々の間で噂の幻の惚れ薬ですか？　姫様がまさかセリーナ様から略奪したいほどソテラ宰相補佐様に懸想されているとは知りませんでした」

「はあ!?　私がラメルを好きなわけないじゃない！　何が略奪よ。ラメルが私を好きになるだけよ！私にはアレドリア様という素敵なフィアンセがいるんだから！」

「え、で、でも、それでは……どうして……」

「こないだの勝ち誇ったセリーナを見たでしょう？　婚約者のラメルが私を好きだなんて言い出したらさぞかし恥をかくでしょうね。よりにもよってセリーナを選んだあの冷血漢にも一泡吹かせてやるわ。公衆の面前で私に愛を乞うて見事に振られるがいい！」

「それは逆恨みというものでは……」

「逆恨みじゃないわよ！　幼い頃から、いつも、いつも！　私にお説教ばかりなラメルに悪質なことばっかりしてくるセリーナ。あの二人、いっぺんに成敗してくれる！」

「成敗って……。姫様」

「お黙り！　フェリ。できなければお前はクビよ」

「姫様、クビで結構です。でも私をクビにするというならもう貴方に仕える者はいなくなりますからね。身の回りのことを全てご自分でしないといけないのですよ？　思い通りにならないからと言って今まで何人クビにしてきましたか？　私が最後だと国王様もおっしゃっていますよね？」

そうです。姫様にはもうついてくれる侍女がいません。あれから私の他にも三人ほど侍女見習いが派遣されてきましたが誰も続かなかったのです。最短記録なんてその日のうちに辞めていきました。

まあ、どの子も『王女様付きの侍女』というステータスだけにつられて来て陰で姫様の容姿を馬鹿にしていたので私も辞めた彼女たちをかばう気はありません。見習いだというのにまったく私の助けにはなってなかったですしね。

王女様付きとなれば作法も身についていないと話になりませんし、すぐに教育された侍女が育成できるわけではありません。泣く泣く姫様付きになった私をフローラ姫とはいえ簡単には解雇などできないのです。ぶっちゃけ私は今すぐにでも王妃様の元に戻りたいのですけれど。

「むう」

「いいですか？　姫様、無理です」

ぴしゃりと拒絶すると姫様がいつものように頬を膨らませたまま恨めしそうに私を見ています。

ちょっといい気味です。私は姫様につくにあたって国王夫妻から姫様の無茶な命令は断っていいという権利を得ていますからね。

「なによぉおお！　どうして新作のドレスの注文が取り消しになってるのよ！　セリーナに見せる戦闘服なのに！　絶対許さないわよ、ラメルの奴！　お母様に取り入ってぇええ！」

その後も気合を入れて発注していたドレスの制作をラメル様に阻止されて不機嫌な姫様に散々当た

られることになりましたが、私に一切の悔いはありません。ええ。悪事の片棒は担げません。断固拒否です。よほど思い通りにならなかったことがショックだったのか、それから一週間ほど姫様は私に我がままを言うことがなく――これは非常に珍しいことでありましたが、その分楽ができましたので諦めたのだろうと特に何も思っていませんでした。むしろ姫様をお褒めしていたくらいでした。

でも、私は忘れていたのです。ことのほか姫様が執念深く、残念な性格をしていることを。

＊＊＊

「フェリ。中棟（なかとう）二階の会議室の資料室に忘れ物をしたわ」

「姫様が会議室に足を運ばれた覚えはないのですが？　いつの間に行かれたのですか？　さては昨日の歴史の授業をサボった時ですね？」

「う、うるさいわね！　つべこべ言わずに取ってらっしゃい。いい？　資料室の一番上の引き出しにある茶色の封筒よ？」

「姫様はこれから昨日の埋め合わせの歴史の授業ですよね？　まだ時間もありますし、通り道ですから同行します。ご自分で行かれては？」

「と・り・に・行ってほしいって言ってるのよ！」

「……。分かりました。ではきちんと今日の授業にはサボらず出ていただけますか？」

「いいわよ？」

「約束ですからね」

「分かったわよ。ほら、早く行きなさいよ」


妙に急かす姫様に不信感いっぱいの視線を浴びせながら私は姫様の忘れ物を取りに中棟へ行きました。中棟とは中央棟の略で東西南北の棟を繋げる場所です。会議室や食堂、地下には公衆浴場などが設置されています。どの棟で働いていても比較的使用するので人が多い場所です。

姫様に忘れ物を取ってくるように言われた私は迷いなく会議室についている資料室へと入っていきました。こんなところに姫様がものを忘れるわけがありませんが、いつもの私を困らせるための悪戯だと思えば甘んじて受けるしかありません。簡単な意地悪は受けておかないと後々シャレにならない意地悪を思いつくのが姫様なのです。おおよそ人に見られたら恥ずかしいような本を私に持ってこさせたかったに違いないと高をくくっていました。


――そこに新たな人物が現れるまでは。

後方でドアの開く音がして振り返ってみると久しぶりにソテラ宰相補佐様の姿をとらえました。

「どうしてここに、ソテラ宰相補佐様が？」

相変わらず輝くような美男子ぶりですがそんなことに感心している場合ではない気がします。

「お疲れ様です。貴方はフローラ姫付きの方ですよね。貴方こそどうしてここに？　私は前々からローラ姫に頼んでおいたサルでもサインさえ書けば済む書類をここの引き出しに忘れてしまったと聞いて取りに来たのです」

「茶色の封筒ですか？　私も姫様の忘れ物を取りに……」

そう答えながら酷く嫌な予感がしました。こんな偶然があってたまるものですか。するとどこかスパイスのような香の匂いがしてきました。

「なんですか？　この匂い……」

「そ、ソテラ宰相補佐様！　鼻を押さえてください！　多分姫様が先日仕入れた怪しい惚れ薬の香の匂いです!!」

慌ててハンカチで鼻を塞ぎますが煙は部屋に充満し始めていました。眉唾物の幻の惚れ薬ですが効果がないにせよ得体のしれないものを吸い込みたくはありません。ここは資料室なので窓もありません。慌てて二人でドアノブをガチャガチャと回しましたがそれには当然のように鍵がかけられていました。閉じ込められています！

「大丈夫ですか？」

そう言って私の指示通りに自らのハンカチで口元を押さえたソテラ宰相補佐様は色をなくした私の

顔を覗き込んできました。

か、

かっこいい……。

間近で見るとしびれるほどに美男子です。

以前、お見受けした時から端正なお顔立ちは男の人だというのに綺麗だと思っていました。王族特有の蜂蜜のような金髪に少し鋭く見える切れ長のグリーンの瞳。武官のようなしっかりとした体つきではないものの、しなやかで長い手足。

「どうかしましたか？　煙を吸ったのですか？」

「ソテラ宰相補佐様……素敵です」

「え？」

ポカンとした顔もかっこ可愛いです。胸がキュンキュンとしてきました。これが恋なのでしょうか？　ああ。なんて素敵なんでしょう。声も素敵。ああ。どこもかしこも。

「う。なんだか私も貴方が可愛くて仕方がなくなってきました。貴方の名前を呼んでもいいですか？」

「フェリです。ああ。好きです。ソテラ宰相補佐様」
「フェリ。可愛い。ああ。私も貴方が好きです」

どちらからともなく唇が重なりました。少しかさついたラメル様の唇が私の唇を食らいつくすように覆い、ブチュッと音を立てながら足りないようなもどかしさで舌を絡ませ、互いの唾液を奪い合うように口づけしました。

「ラメルと呼んでください、可愛い人。どうして今まで気づかなかったのでしょう。こんなに近くにいたのに」
「ラメル。好きです」
「フェリ、貴方を愛したい。一つに溶け合ってしまいたい。我慢できそうもありません」
「我慢しないでください。ラメル。私も貴方に愛されたい」

目の前のこの人が欲しい。ああ。愛（いと）おしい。この人を私のものにしたい。この人と繋がりたい。

ラメル様が私の服のボタンに手をかけて性急に外していくのを見ながら私もラメル様のボタンを外しました。私の胸のふくらみはラメル様によって形を変えられてしまいます。やがて胸当てを上にずらして胸の突起を探し当てたラメル様の指は執拗（しつよう）にそこを弄（いじ）り続けました。

「あ、ふうぅ」

貧乏男爵令嬢が王妃の侍女にまで上り詰めたのです。努力は人一倍してきました。だから皆が色恋沙汰に浮かれていた時も私はひたすら勉強に励んでいて――その結果、こんなふうに他人と触れ合うのは初めてなのです。ああ、こんなにも気持ちいいなんて皆が夢中になるのも無理もありません。

「もっと聞かせてください。フェリの甘い声」

そう言ってラメル様の手は私のスカートの中へと潜り込みました。その手は内ももを撫でてから敏感な箇所をかすめて――。

「んんはぁ……」

自分の声じゃないみたいな甘い声が脳天から出て体は触れられる全てがじんじんしてムズムズします。ラメル様が戸惑いもなく自分の体を暴いていくのを犬のようにハッハッと短い息を繰り返しながら見るしかありませんでした。

ああ、好き。

たまらなく好き。

「らめる……んはぁ……好き」

「私もです。フェリ。好きです……」

ラメル様が下着を取り去り、誰にも触れさせたことのない私の秘めた場所に触れます。くるくると指が私の秘所から出た愛液の滑りを利用して敏感な場所を刺激しました。

「ああ、ああっ！」

「フェリ、フェリ!!」

私を愛しく呼びながらラメル様は私の秘所に硬くなった自らの分身を押し当ててきます。未知なる感覚に少し怯えながらも、私はラメル様を受け入れたくて仕方がありませんでした。

「すみません、フェリ、我慢できません!!」

ラメル様がそう言いながら私の中に無理やり潜り込んできました。圧迫感に息が苦しく、痛みを訴える間もなくラメル様は一気に私を貫きました。

「ひゃう!!」

目じりに浮かぶ涙をラメル様がその唇で吸い取り、愛しそうにキスをしながらも下半身は獣のようにガツガツと揺らされます。

じゅぷ、じゅぷ、と卑猥な音が頭を占領しています。

ああ、私はラメル様を愛しています。

その思考だけが私を支配していました。ラメル様に求められるなら。愛しているのだから。その思いだけで鈍痛にも耐えられました。

――たとえそれが。

初めてだというのに獣のように服を着たまま下半身だけ繋げているような形であっても。

その時、確かに私は愛しいと思うその人と結ばれたのです。

しばらくして私たちは救出されましたが何もかもが手遅れでした。

扉を開けてくれた衛兵や侍女、心配して駆けつけた大臣。これ以上いないだろうと思うくらいの証人の前で私たちは下半身を繋げたままの状態で救出されたのです。引き離そうとする人にどれだけ互いが想い合っているのかを叫びながら。

私はたっぷりとソテラ宰相補佐様の精を受けていて、それはもう、誤魔化しようもなかったのです。

＊＊＊

「はあ……」

媚薬（びやく）に侵されていたとはいえ、自分がしたことは鮮明に覚えています。この口でソテラ宰相補佐様に叫んだ愛の言葉も。何度も破廉恥な行為をせがんだことも。

どんな顔をしてこれから生きていけば良いのか分かりません。

死にたい。

さすがに姫様は今北の塔で謹慎中だと聞きました。今回のことは悪戯では済まされないでしょう。何よりソテラ宰相補佐様にはすでにセリーナ様というご婚約者がいたのです。

セリーナ様はソテラ家とは遠縁の立派な伯爵家の十七歳のお嬢様。以前中庭に姫様のお祝いにいらっしゃったフォード家のお嬢様です。来年の春にお二人はご結婚の予定でした。――それなのに姫様の陰謀でソテラ宰相補佐様は二十四歳の年増で貧乏男爵の娘の純潔を奪ってその胎(はら)に子種を放ってしまったのです。

ことが公でなければ私に堕胎の薬を飲ませてこの件を隠せばよかったのですが、それにしては目撃者が多すぎました。しかも私を不憫(ふびん)に思った王妃様が婚約を解消し、ソテラ宰相補佐様に私を娶(めと)るように勧めたのです。

「ソテラ宰相補佐様が気の毒で仕方がありません」

ベッドに寝かされ、ボンヤリと部屋の天井を見ながら私を押しつけられてしまったかわいそうな人のことを思います。不思議とソテラ宰相補佐様に悪い印象はありません。きっと、媚薬のせいにしてもあんなに愛を告げられて少しは絆(ほだ)されてしまっているのでしょう。どうしてそうなったのかは分かりませんが、一時的に私もソテラ宰相補佐様が好きで仕方なかったのですから。

私が身を引けたらどんなに良かったでしょう。私にしてみれば一生男も知らずに死ぬよりは良かったのかもしれない経験です。今をときめく美男子と体験できたのだし何より合意の上の行為。私は結婚などできなくても構いません。けれどもソテラ宰相補佐様にしてみれば、私を見捨てた場合、王妃様の意向を無視し伯爵令嬢と結婚した酷い男として悪評が立つでしょう。

「いっそ、死んでほしいでしょうね……」

でも、死にたくはありません。逃げても家族がどうなるか考えるのも怖いです。暗い思考のせいかじくじくと乱暴に挿入された箇所が痛みます。無理やりねじ込まれたそこは裂けてしまっていました。

香を吸い込んでいた時はあんなに喜んで自ら受け入れたというのに冷めてみればただ痛むばかり。あの時は何よりソテラ宰相補佐様が愛おしくてたまらなかったのですが。――今となってはあの香の威力に恐れ入るばかりです。

婚約していた二人を引き裂いてソテラ宰相補佐様の妻の座にのうのうと収まる私。いくら王妃様のお膳立てがあったとしてもこれからのことを考えると憂鬱でしかありません。

「……うちに帰りたい」

何もない貧相な土地に立つボロ屋敷。要らないとは言われていますが多分私の仕送りも使用人への給料に回されているはずです。両親が高齢でできた一人娘だったのに自由に私を育ててくれた愛情深い両親。いつだって心配かけまいとこの城勤めを頑張ってきたのに。

「うちに帰りたい」

それは私が城に来てから初めて零した泣き言でした。

＊＊＊

私が病室で過ごした七日間、ソテラ宰相補佐様の顔を見ることはありませんでした。当然です。香のせいで頭がおかしくなってしまって抱いただけの女を妻にしなくてはならないのですから私が疎ましくて仕方ないに違いありません。いっそのことこのまま顔を見ずに済めばいいと思うのですが周囲はそれを許してくれませんでした。

「フェリ。お見舞いに来たわ。どうか、起き上がらないで。そのままで。本当に貴方にはどう謝罪すればいいか分からないわ。フローラがとんでもないことをしてしまってごめんなさい」

ソテラ宰相補佐様の代わりというわけではないのでしょうが王妃様は初日から何かと私の見舞いに来てくださっています。私のために奔走してくださっていると聞くと胸が痛いです。

「いえ、どうか頭を上げてください。王妃様。これは——事故です」

「ラメルとの婚約を解消してもらってセリーナにも悪いことをしたけれどもともとあの二人も家の都合の婚約だったのだし、話をしたらすぐに分かってもらえたわ。もしかして懐妊ということも考えたら貴方とラメルの結婚式は身内だけになるでしょうが早い方がいいでしょう。フェリは色が白いからレースのドレスが似合うのじゃないかしら。せめてものお詫びよ。私からプレゼントさせてほしいの」

皆が腫物を扱うように私に接してきます。王妃様の言葉で少し前までの仕事仲間が慌ててドレスの布の見本を持って私のベッドに向かってきます。痛ましいものを見る目――正直どうでもいいので放っておいてほしいというのが本音です。

それでも王妃様の意に背くような真似はできません。適当に相槌を打ちながら王妃様に勧められるままにドレスの布とデザインを選びました。

「私のお抱えのお針子に急いで仕立てさせるわ。楽しみにしてて。それと、これはフローラから貴方へ」

少し談笑した後に姫様からのお手紙を渡されました。王妃様はすまなさそうに微笑んで病室を出ていかれました。その白いドアをボンヤリと眺めながら考えます。

もう、結婚は免れることはないでしょう。

――あんなことになるだなんて思ってもみなかったの。ラメルったら節操がなかったのね。悪かったわ。お母様がアレドリア様との婚約を破棄して私を辺境の地にやると言うの。お願いだから、ラメルと結婚できて嬉しいから私を許してほしいとお母様に言ってくれないかしら。貴方の言うことならお母様も聞いてくれると思います。

グチャ。

姫様の手紙を思わずぐしゃりと握ってしまいました。——反省の色がまったくありません。ありえない……。

「随分上手くやったわねぇ」

姫様の手紙を丸めて部屋の隅に投げてからすることもなく窓を見ていると花瓶の水を替えに来た娘が小さく私にそう言いました。

急にそんなことを言われるとは思わなかったので驚いてその娘を見ると、王宮勤めに上がった頃に一緒に下働きから始めた娘でした。確か、名前はマリンだったでしょうか。私と家格も変わらないけれども彼女は「結婚相手」探し派の娘でした。

「まあ、せいぜい離婚されないように頑張るのね」

フン、と鼻を鳴らして出ていく彼女。ここでまだ働いていたということは結婚相手には巡り合っていないようです。でも、彼女のお陰で閃きました。

「そうか」

どうして気づかなかったのでしょう。「離婚」したらいいのです。

私と結婚した時点でソテラ宰相補佐様の負い目はなくなります。私の不甲斐なさで離婚すれば、ソテラ宰相補佐様はすぐに他の女性と結婚できるでしょう。

「ふふ」

花瓶の花に手を伸ばします。ソテラ宰相補佐様からのお見舞いだと毎日届く花。でもこの花は王妃様の温室のものだと私は知っています。王妃様の好意だと思うと虚しく、そして申し訳なく思っていました。

ソテラ宰相補佐様。安心してください。結婚歴には傷をつけてしまいますが、貴方の手を煩わすことはしません。

そう伝えたくとも本人がここに来るはずもなく。結局、ソテラ宰相補佐様と顔を合わせたのはあのことがあってから十日も経ってからでした。

＊＊＊

「貴方には取り返しのつかないことをしました」

久しぶりに見たソテラ宰相補佐様は冷えた表情で私をじっと見つめてからそう言いました。抱き合っていた時は熱っぽい顔でしたからなんだか違う人のようです。それもそうです。そんな目で私を見ることはもうないのですから。

「いえ、私の方こそソテラ宰相補佐様に思いがけない災いを招いてしまいました。それに、私の実家への連絡や結構なお品をいただきました。ありがとうございます」

病室を出ると私は使用人の部屋である自室に戻ることを許されませんでした。そのまま迎えに来たソテラ宰相補佐様にソテラ家に連れていかれ、セリーナ様にとご用意したであろう部屋に案内されました。

豪華というより、とても趣味のいい内装の部屋は素敵です。なんのわだかまりもなければ『素敵!!』と言って手放しで喜んでいたと思うのですがそんな図々しいことはできません。

ソテラ宰相補佐様は婚約したのだからと自ら私の実家に説明と祝いの品を届けてくれていました。実際は傷物にした娘に対する賠償金みたいなものかもしれません。宰相補佐だけあってとても迅速な対応だったようで父から来た手紙には娘を憐れむよりもむしろ良かった的なことが書かれていました。よほどソテラ宰相補佐様の対応が良かったのでしょう。

「貴方から災いを招かれた覚えはないです」

ポツリとソテラ宰相補佐様は言いました。そう言ってもらえると少し心が楽になります。苦笑して見上げましたがその表情に変化はありませんでした。

「急いで用意したので足りないものがあればナサリーという侍女に言いつけてください。それと貴方の荷物はすでに運んであるから確かめるように。あとは……夫婦になるのだから私のことは『ラメル』と呼んでください」

「――ありがとうございます。ラメル様」

そう返事した私をラメル様がじっと見つめます。ふと、頬に指が触れて私はびくりと肩を揺らしました。

「私が怖いですか？　フェリ」

「――い、いいえ」

どうやら頬に髪がついていたようです。過剰に反応してしまって申し訳ない気持ちです。そんな私の様子を眺めてからラメル様は背を向けました。不快に思われたのかもしれません。

「困ったことがあればナサリーに言うといいでしょう。所用で顔合わせは明日になりますが我が家に昔から仕えてくれている馴染(なじ)みの侍女に貴方の世話を頼んでいます。では、夕食の時に貴方を両親に紹介しましょう」

そう言い残してラメル様は部屋を後にしました。着替えは今日だけ若い侍女が後で手伝ってくれるということです。

「ふ、う」

緊張の糸が切れたように私はソファに座り込むしかできませんでした。

夕食の時刻になるとラメル様が私を部屋まで迎えに来てくれました。

年若の侍女が持ってきた彼が贈ってくれたというドレスを着たのですが、それを見たはずのラメル様の反応はありません。

薄桃色のリボンのたくさんついたドレスは若い娘に流行の最新のデザインでしたが私に似合うとは思えませんでした。セリーナ様のためにご用意していたものかもしれません。これも離婚したら返すのですから汚さないように気をつけないと。

「さあ、行きましょう」

エスコートするラメル様の手は壊れ物にでも触れるようです。私がビクビクしているせいでしょう。仮とはいえ妻となったのに不甲斐ないです。しばらく廊下を行くと食堂と思われる扉が重々しく開かれ、一斉にその場の視線が私に集まりました。

「こちらが私の妻となったフェリです。フェリ、父は知っていますね。隣が母のリリス。そちらが妹のアメリ。その隣が弟のステアです」

ラメル様に紹介してもらい、慌てて頭を下げます。緊張して自分が何をしているのかも分からないくらいです。宰相様を知っていると言っても書類にサインを貰うくらいのもの。改めて見てもさすが王家と連なる公爵家の方々で座っておられるだけで気圧(けお)されてしまいます。

「エモナル男爵家から参りました。フェリです。不束者(ふつつかもの)ですがどうぞよろしくお願いします」

ギリギリ考えていた言葉が唇から出ました。皆の視線が私を刺すように感じてしまって苦しい。

「たいそう貴方を傷つけてしまってなんと言っても慰めにはならないでしょう。ラメルがもう少し注意深かったら貴方に被害は及ばなかったかもしれない。本当に申し訳ない。しかし、これも運命だととらえてくれないでしょうか。気の利かない息子ですが末永くよろしく頼みます」

宰相様があの事件を「運命」と言う。本当はこんなみすぼらしい嫁など貰わなくて済んだというのになんとお優しい方なのでしょうか。「早く出ていってほしい」と言われる覚悟もしていたのに。

「急に嫁ぐことになってご不安も大きいことでしょう。どうか、私のことは本当の母のように思ってくださいね。――でも、さすがね。王妃様のお気に入りなだけあって所作が綺麗だわ」

宰相様の言葉に続き、リリス様にも優しい言葉をかけられます。少し厳(いか)つい顔の宰相様に対して奥様は大きなお子様がいるように見えず妖精のように美しい。ラメル様のお顔の造作はリリス様とそっくりでした。

「いえ。私などまだまだです。ラメル様は立派な方です。その……私にはもったいないです」

なんとかそう言うのが精一杯でした。本心は分かりませんがラメル様のご両親は好意的に接してくれているので少しほっとしました。

――離婚するなら嫌われている方が良かったのかもしれませんが少しの間だけでも平穏に暮らしたいものです。

「私、お姉様が欲しかったの。お姉様と呼んでいいかしら？」

「嬉しいです。アメリ様」

お人形のように美しい少女が私にそう言ってくださいます。妹のアメリ様はラメル様によく似ていますが表情が豊かで別人のようです。友好的な言葉が続いて場が少し和んだのも束(つか)の間(ま)、ホッとした私でしたが次の言葉で和んだ場の空気は瞬時に凍りました。

「とんだ貧乏くじだな」

軍部に所属しているという弟のステア様がポツリとそう言い放ったのです。彼は宰相様寄りなのか少し強面。

確か歳はラメル様の二つ下で私と同じ二十四歳だと聞きました。ちなみにアメリ様は十六歳です。蜂蜜色の金の髪はご兄弟お揃いですがステア様とアメリ様は瞳は水色で宰相様と同じです。皆リリス様似のようでよく似てらっしゃいます。

「ステア!!　口を慎みなさい!!」

鋭いラメル様の声が飛びます。けれども多分、それが世間の評価なのです。

「だって、兄さん！　セリーナは美人で爵位だって申し分なかっただろ！　いくら兄さんに負い目があってのことだとしてもこんな貧乏男爵の年増が兄さんの結婚相手だなんて」

「フェリに謝りなさい！」

ラメル様が聞いたことのないような大きな声を出してステア様を窘めてくれました。よほど私が不満なのでしょう。ステア様はますます不満顔です。

「兄さんは来年の春にはセリーナと結婚するはずだったのに」

「それ以上言うなら出ていってもらうぞ」

ラメル様がかばってくれるほど私は惨めな気持ちになっていきました。

ステア様はラメル様を慕っているのでしょう。ステア様に「世間体のための結婚です。もうしばらくの辛抱を」と言って差し上げたかったのですがそうとも言えずにぐっと言葉を飲み込みました。兄に叱られたステア様は私を睨(にら)んでいました。

「縁あってラメルに嫁いでくれたというのにフェリさんになんという失礼なことを言うのだ。ステア、お前は部屋で反省しなさい」

宰相様にもそう言われてバタン、と乱暴な音を立ててステア様が退出しました。

「ごめんなさい、フェリさん」

リリス様が痛ましそうに私を見ています。

「大丈夫です」と答えた私の声は震えてはいなかったはずです。

＊＊＊

「その、先ほどのことは気にしないでください。ステアは分かっていないのです。貴方は十分優秀ですから」

食事の後、部屋に戻るとラメル様がそう、私に声をかけてくれました。その表情はあまり動きませんが気を使ってもらっていることは私にも分かります。

「いえ。本当のことですから。大丈夫です」

「……」

不意にラメル様が私の髪をひと房手に取りました。ドレスに合わせて今日は髪を下ろしています。手伝ってくれた若い侍女に乗せられてうっかり若作りしたバカみたいな女が今日の私でした。

「もう、休みます」

ラメル様の手が髪から離れるようにと、ゆっくり背を反らします。ラメル様が近づいてくると体が震えるのが恥ずかしく、一刻も早く不似合いなドレスを脱いで一人で休みたかったのです。

「これを」

足をもう一歩後ろに下げようとした時ラメル様が私に小箱を差し出しました。小さな朱色の箱でした。

「え、と」

戸惑っていると手を取られ包み込むように箱を手に乗せられました。

「あ、ありがとうございます」

プレゼント……してくれるのでしょうか。私がお礼を言うとラメル様は軽く頷いて私の部屋を後にしていきます。まさかラメル様に何か贈られるとは思わなかったので心臓がうるさく鼓動を鳴らしました。男の人に贈り物を貰うなんて私の人生には起こりえないと思っていたことです。はしたないと思いながらソファに座るとさっそく箱を開けました。

「……あ」

少し歪んだ不格好な朱色の箱の中から出てきたのは髪留めです。箱と揃いの朱色の珊瑚がバラの花をかたどって並んでいて指で触れるとバラが僅かに揺れるデザイン。私に選んでくれたのでしょうか。先ほど私の髪に触れたラメル様を思い出すと頬が熱くなります。きっと高価なものに違いありません。私が貰ってもいいのかと戸惑いながら、それでも自分の髪に合わせてみたいという欲求には勝てませんでした。

「可愛い……」

軽く髪を束ねて髪留めを留める。ドレッサーの前に座って鏡で後ろを窺うと髪留めの朱色のバラが揺れ、私の凡庸な黒髪をまるで素敵なもののように見せてくれていました。

嬉しい。

こんなことで、と思われるかもしれません。それでも、嬉しかったのです。せっかく贈ってもらったのだから明日からつけてもいいかと考えるとソワソワしました。

少しだけ。離婚するまでの少しの間だけ……貰ったのにつけないのは失礼なことだし。そう言い訳して髪留めを箱に丁寧に戻して寝台のランプの下に置きました。

初めての贈り物に私は完全に浮かれてしまいました。

この結婚は初めから祝福などされないのに。

＊＊＊

「これをおつけになるのですか？」

「え、ええ。ラメル様に頂いたので……」

「……失礼ながら本日のドレスには似合いません」

「え、そ、そうですか？　そんなに合わないとは思わないのですが、せっかく……」

「お似合いではありません」

今朝、身支度の世話に来たナサリーと初めて顔を合わせました。彼女は丁寧に挨拶をしてくれましたがその言葉の端々に私に良い感情がないのが見て取れました。値踏みするような視線にため息。これからお世話になる人に好かれないとしても嫌われたくはありません。

早速髪を結うのを手伝ってもらう時に昨日ラメル様に頂いた髪留めをつけようと相談したのですがピシャリと「似合わない」と言われて悲しくなってしまいました。

彼女はラメル様が小さい頃からソテラ家に勤めている優秀な侍女らしく奥様付きであったのを不慣れな私のために奥様が寄こしてくれたそうです。確かに深いグリーンの今日のドレスに朱色の髪留めは不似合いだったのでしょうがそんなにきっぱりと言わなくてもいいのにと気持ちが萎んでしまいました。

「さあ、仕上げてしまいましょう」

「いっ」

ナサリーが髪を引っ張ります。その力強さに声が上がってしまいました。彼女はまるで私の頭を何とかして小さくしてしまいたいとでもいうようにきっちりと結い上げて頭の皮を引っ張ります。まるでそれは規律に厳しい教師のような見た目。

「もう少しだけ緩めてもらえませんか？」

「……フェリ様。ラメル様のためにも貴方はきっちりとしておかないといけません。これ以上要らぬ噂を広めないためにも隙のあるような浮かれた格好はなさらないように」

「……」

あんな醜態を曝したのだから「ラメル様の貞淑な妻」だとイメージ付けたいのでしょうか。そうは言っても屋敷の外へは出ていませんし出会う人は限られていました。

髪留めを、つけそこなって。

気持ちが落ちるだなんて。

しばらくしたら離縁するのだろうになんとバカなことでしょう。

身近に置いていた髪留めを箱に戻して今度は引き出しにしまいました。

＊＊＊

「あれは、セリーナ様のものです！　ラメル様は真面目ですから『妻』となったフェリ様に仕方なく渡したに違いありません！　それを、貰って早々身につけるなんて図々しいったら！」

　その声を聴いたのは朝食が済んだ後に忘れたハンカチを取りに食堂に戻った時でした。あの声はナサリーです。

　あの髪留めはお小さい頃にラメル様がおばあ様から受け取った『ラメル様の妻』になる人物へのプレセントだったと嘆く声。今は亡きラメル様のおばあ様が愛する孫へ贈った大切な髪留めだったと。

「ラメル様をお小さい頃から我が子のように思ってきたのですよ!?　ようやく落ち着いて結婚の話が進んでいたのに、よりにもよって、若くも美しくもないあんな貧乏男爵の娘なんかと！」

　怒り心頭な様子の声を聴いて気持ちがさらに落ち込んでいきます。歓迎されていないのは分かっていました。特に同じように働いていた子たちの嫉妬が凄まじいのも。ラメル様は本当なら手も届かない雲の上の存在なのです。


　本当にとても図々しい。

　贈り物を貰って浮かれてしまった自分が恥ずかしく、食堂にはもう入る勇気もありませんでした。

　そのまま与えられた部屋に戻ると少し考えてからクローゼットに入っていた大きめの箱に髪飾りの

入った朱色の箱を入れ直しました。そこには先日着た私には似合わないピンクのドレスが丁寧に畳んで入れられています。数少ない嫁入り道具に実家の母が持たせてくれた衣装ケース。私はそこに離婚したら返すものを入れるようにしていました。

――お似合いではありません。

ナサリーが言っていた言葉を思い出します。あれはドレスに似合わないと言ったのではありません。ラ、、、メル様には貴方はお似合いではあり、、、、、、、、、、、、、ません。

彼女はそう言いたかったのです。

ナサリーの本心を聞いてしまってはどうにもやりにくいものです。そう思いながらも私はどうすることもできません。次の月のものが来たらラメル様に相談しなければ。もしも子供ができていたら公爵家の血筋を引くことになってしまうので離婚はできにくくなってしまうかもしれませんが、できていなければそうではないでしょう。

早く結婚して、離婚して差し上げなければ。

数日後のラメル様との結婚式は淡々としたものでした。

「お天気で良かったですね。お姉様、とってもお綺麗ですよ。ドレスもお似合いです」

支度が整ったところでアメリ様が声をかけてくださいました。

祝福されていないだろう結婚式でも晴れただけマシなのかもしれません。こんな時にも心を配ってくださるアメリ様には感謝しかありません。

「ありがとうございます。王妃様が仕立ててくださった素晴らしいドレスです」

そうです。ドレスは王妃様に手配していただいた素晴らしいドレスです。本来なら着ることを許されなかっただろう最高級の絹に国で最高峰のお針子が仕上げた一品なのです。これぱかりは皆がため息をつくほどの出来あがりです。残念なことがあるとしたら中身が私なことだけです。

けれども今日の着つけは王妃様が手配してくださった人材なのでナサリーの感想も聞かなくて済みました。分かっていても嫌味を言われるのは悲しいのです。まして、きっと私の人生で一度きりの結婚式になるのに。

「まあまあまあ！　なんて綺麗なのかしら」

「おお。フェリ」

両親は控室に来てくれ、盛大に褒めてくれました。

多分、王妃様が慰謝料を用意してくださったのでしょう。見たこともない綺麗な服を着ていました。私は両親を誇りに思っていますが、本当に平民のお金持ちの方がよっぽどいい暮らしをしているだろうという男爵家なのです。

売るにも買い手のないただ広いだけの土地を持ち、その税金だけ払わされています。贅沢をしなければのんびり暮らせる程度なのです。もし私が男だったら学校にも上げないといけなかったので破産していたかもしれません。けれどもお金はない分、一人娘の私を自由にさせてくれました。

親戚からは早く結婚しろと言われていましたが両親は私の好きにしていいと言ってくれていました。私が王妃様付きの侍女になれたのも両親のお陰もあると思っています。私は両親が高齢になってからのやっとできた子でした。しわの増えた二人の手を握ると母が『幸せにおなり』と言って、二人で抱きしめてくれました。

私が公爵家に嫁ぐなど通常はありえないことです。事情を知ってきっと誰よりも私のことを心配してくれたことでしょう。母は周りに聞こえないようにこっそりと『辛(つら)くなったらいつでも帰ってきなさい』と言ってくれました。

ことがことだけに参加した者も最小限。私側の参加者は両親のみでしたしラメル様側もラメル様のご家族だけです。控室に来てくれた私の両親は酷く感動して飾り立てられた私を褒めて出ていきました。そうしてしばらくして新郎であるラメル様が私を迎えに来てくださいました。

「……」

ジッとラメル様は私を上から下までつぶさに観察し、そして、無言でした。

一応花嫁なので支度終わりの私を誰もが褒めてくれました。けれどもラメル様は眉一つ動かしませんでした。お世辞でも何か言ってもらえると思っていた私は自分が酷く思い上がっていたことに気づかされます。

ラメル様は今日は一段と美しいいで立ちでした。一分の隙もないその姿は誰が見てもため息が出ることでしょう。ああこんな美しい人の隣に立つだなんて、なんと見劣りする花嫁でしょう。差し出された手に私の手をのせることは酷く勇気がいることでした。好き合ってする幸せな結婚ではないのです。こうやって迎えに来ていただけただけ良かったと思わなくては。

式は格式高い古い教会で誓いの言葉をかわし、指輪の交換をしました。指輪の交換の時に少しだけ、ラメル様が私の指に指輪を填めるのを戸惑ったようでした。ラメル様の指が指輪の前で彷徨っていて、ああ。やっぱり。と気持ちが下がりました。誓いのキスは省略され、証明書に署名をして式は終わりました。

その後、屋敷に戻って簡単な晩餐が終わり、体の隅々を磨き上げられ、ナサリーにも『ラメル様の言うことを聞くように』と念を押されました。彼女からはきちんとつけてもらうようにと避妊具も渡されました。

どこで待てばいいかも分からず、寝室をうろうろとしました。緊張を紛らわすためにワインをちびちびと飲みラメル様を待ちました。やがてそのまま深夜になり、すっかり冷え切った体を温めるために寝台に潜り込みました。初夜と言われるその日。ラメル様の部屋へと繋がる扉は開かれることはありませんでした。

ああ。少しの間のお飾りの『妻』は抱く必要もなかったのです。

私は惨めになってシーツの中で体を丸くしました。今日結婚したばかりなのです。きっと事件の慰謝料が王妃様から、支度金がソテラ家からエモナル家に渡っているはずです。離婚するにしてもすぐには家に帰ることは許されません。恋愛でも政略でもない『事故結婚』です。酷い扱いをされたわけではなく、むしろ好待遇ですからこれでいいのだと思うしかありません。

けれども朝部屋に訪れたナサリーが私を見て鼻で笑ったのを見ると自分がいかに女としての価値がないか思い知らされて悲しい気持ちになりました。

そんな日々を送っているとラメル様の妹のアメリ様が私をお茶に誘ってくださいました。

「お兄様がお忙しいでしょう？　お姉様がお寂しい思いをしているんじゃないかって思ってお誘いしたのです」

アメリ様は十六歳でまだ学園に通われています。平日は夕食でしかお見かけしません。お友達も多いと聞きますし、休日を私のために使っていただけるのは恐縮ですが嬉しいことです。

「高等部はどんなところなのですか？」

エモナル家はお金がなかったので私は中等部までしか出ていません。ですが巷(ちまた)に出回る恋物語の舞台は大抵高等部の貴族たちがモチーフになっています。どんなところか想像するだけでもワクワクします。

「中等部と変わりませんよ。昨年まではフローラとセリーナのバトルで引っかきまわされていましたが今はいたって平和です」

「バトル?」

「あ……あの二人は親戚筋でも評判です。悪い意味で。正直関わりたくないです」

私の前でセリーナ様の名前を出してしまったアメリ様が気まずそうにしています。優しいアメリ様。

「それは姫様だけでしょう? セリーナ様はとってもお綺麗でお優しかったと感じましたけれど」

「お姉様、セリーナを見たことがあるの? 私から見たらフローラは分かりやすいだけマシというか、なんというか。セリーナはあの見た目でしょ? 騙(だま)されて周りが過激になるからややこしいのですよ」

「そう、なのですね?」

儚い美少女のセリーナ様なら皆手を貸したくなってしまいそうですよね。周りが勘違いしてしまうのかしら。

「お姉様。これだけは言っておきますけれど、私はお姉様がお兄様と結婚してくださって本当に感謝してますの。神様に感謝をするくらいに。我がソテラ家の救世主なのですから」

「ありがとうございます。アメリ様」

分かりやすく大げさに褒めてもらうほど私は落ち込んで見えたのでしょう。アメリ様の気持ちが嬉しい。

「それより、お兄様のお話でもしましょうか？」

「ええ？　ラメル様の？」

「王太子のジョシア様とご学友でしたけど、そのジョシア様が問題を起こすのでいつもお兄様が走り回っていたんですよ？」

「まあ」

ジョシア様にラメル様。美男子がいる高等部の生活なんて想像するだけでもドキドキします。

「お陰でお兄様は恋人も……」

「アメリ」

アメリ様の声にかぶさるように声が聞こえました。ラメル様です。

「ラ、ラメル様」

「お兄様。忙しくて来られないと言ってませんでしたか？」

「書類を取りに行くついでに寄っただけですからすぐに戻ります。これを」

ラメル様が茶色の紙袋を渡してくださいました。温かくて良い匂いがします。中を覗くと焼きたてのカップケーキが入っていました。

「わ、ギャプルールのカップケーキ!!　さすがお兄様！」

「お客様が持ってきてくれたのです。貴方たちがお茶会をしていると聞いていたので」

「そんなこと言ってぇ……ぶ」

「ありがとうございます。ラメル様」

「いえ……。では、私は戻ります」

くるりと体を反転させてあっという間にラメル様がいなくなってしまいました。

「あはは。お兄様照れてますね」

……微塵も照れている顔ではありませんでした。アメリ様。でも、わざわざ持ってきてくださるなんて妹想いなのですね。これが私のためなんてことがあればきっと嬉しいのでしょう。いじけた気持ちで食べた有名店のカップケーキはフワフワして美味しいのに少しだけ苦く感じました。


そんなお飾りだとしても公爵家の妻としての勉強は続いていました。テストなども受けました。以前の仕事に比べたら大した労働ではありません。元々勉強も嫌いではありません。けれどもふとした瞬間、この勉強は必要なのだろうかと疑問に思ってしまいます。

離縁してからの身の振り方も考えなくてはならないのにこんなことをしている場合ではないのです。ここに私の居場所はないのですから。


「あら」

水差しの水が交換されていないのに気づいたのは割とすぐのことでした。なぜか日に日に侍女たちのやっかみも酷くなります。こそこそと言われる陰口の内容はきっと聞くに堪えないものでしょう。ランプのオイルを足してほしいと言っても、シーツを洗いに出してほしいと頼んでも誰も動いてはくれませんでした。お茶の葉の補充などは元々嗜好品なので使わなければいいと気にしませんでしたがさすがに石鹸などは困りました。外に買いに行けるわけもないので母に故郷の石鹸が恋しいと言って頼んで送ってもらいました。

私につけられていた侍女たちは次第に私を完全に無視するようになり、日中どこへ行っているのかも分かりません。昨日まで同じ仕事をしていたのに急に人を使う側になった私に不満が爆発したのでしょう。しかしこれでは離婚も早くしないとソテラ家に要らぬお金を使わせてしまいます。仕事をしないのは個人の勝手ですが同じ仕事をしていた者としてはそれでお給料を貰うのは許せません。リリス様に告げ口することも考えましたが、ここでは孤立無援です。誰も仕事をしていなかったと証人になる者はいないでしょう。それに、使用人の不始末は主人の私の手腕と人望がないことの表れです。

自分から恥ずかしい話をリリス様にするのは憚られました。

結局、自分の身の回りのことは離婚するまでの間は自分ですることにしました。唯一ナサリーは私を監視するかのように毎朝現れて髪をきっちりと結い上げて装いをチェックします。地味なことが美徳というように装飾品などは一切つけることは許されません。これはラメル様のためなら仕方のないと受け入れていました。なるべく、目立たないようにするのが私にできる数少ないことなのです。

たわいもない話をする人もいない息の詰まる生活。

——私はだんだんと精神がすり減り、孤独になっていきました。

「入ってもいいですか？」

一週間ぶりに会うラメル様はこの数日王太子と隣国の視察に行っておられました。その日は夜遅くに屋敷に戻られたようで私はラメル様の部屋と繋がっている扉が開くのを初めて目の当たりにしていました。

コツコツとドアがノックされたかと思うとお風呂上がりなのか少し髪の濡れたラメル様が声をかけて入ってきたのです。

「お、お帰りなさいませ。ラメル様」

まさか、深夜に会いに来るとは思っていなかったので動揺してしまいます。皆が私の世話を放棄してしまいお風呂の支度や掃除、シーツ替えや部屋の掃除も自分でしなければなりません。加えて公爵家の妻の勉強の予習、復習などもあるのでいつも眠るのが遅くなってしまいます。ごそごそと音がして起きているのが分かったのかもしれません。

「贈り物は気に入りませんでしたか？」

うるさかったと怒られるかと身構えていましたが開口一番ラメル様はそうおっしゃいました。不満げに聞こえるのは仕方のないことです。

「え、となんのお話でしょう？」

「……」

お花など直接お礼を言えなかったものにはお礼のメッセージを返しているつもりです。考えているとラメル様は黙ったまま私の髪を手で撫でました。

寝ようと思っていたのでいつもはきっちりと結い上げられている髪は下ろしたままでした。そこでハッと気づきました。

「髪留めのことでしょうか？　ラメル様から頂いた大切なものなので大事にしてしまっているのです」

大切な髪留めをつけもせず、どこへやったのかとおっしゃっているのでしょう。この機会にお返しした方が良いと思い、しまい込んだケースから取り出そうとクローゼットに足を向けました。

「まあ、それもですが」

ラメル様は行こうとする私の腕を取ります。ビクリと反応してしまいましたが気づかれないように平静を装いました。ラメル様はまだお話があるようです。

「……」

「他にも視察先から貴方に贈ったものがありますよね？　小さな贈り物にも丁寧にお礼を返す貴方のことだから出先に礼状くらいは届きそうなものだと思っていたのですが」

「え？」

ラメル様がそうおっしゃっても視察先から貰ったものはないはずです。それこそまったく音沙汰がなかったのですから。ですが知らずに何か受け取っていたものがあったのでしょうか。

「すみません。覚えがなくて。それは食べ物か何かでしょうか？　もしかして説明を受けていたのに食べてしまって気づかなかったのかもしれません」

夕食に出されていたとしたら気づかなかったかもしれないと食べたメニューを思い返します。

「……」

頭を巡らせて考えても何か頂いたことを思い出せないでいるとラメル様はため息をついた後、扉の向こうに消えてしまいました。

――また失望させてしまったみたいです。離縁するのだから嫌われても仕方ないというのに心がキュウと痛みます。しばらくドアを見つめてから私も小さなため息をついてその扉に背を向けました。気が緩むと涙が零れそうでした。けれどもそのまま寝てしまおうとベッドに近づくとまたドアの開く音がしたのです。

「え……」

振り向くとラメル様がまた戻ってきていました。

「これを」

ラメル様が箱を差し出します。今度は歪みのないピンクのリボンがかかった綺麗な薄い箱でした。わけが分からないと私が受け取るのを躊躇っているとラメル様が私の手にそれを強引に渡しました。

「――私を。留守番の新婚の妻に土産も買ってこない能無しの夫にしないでください。とはいってもこれは本当は渡すつもりはなかったのです。その、王太子にお前も買えと言われてつい」

ラメル様は突き放すようにそうおっしゃいました。分かっています。私に買うのは不本意だったのでしょう。

「お気遣い嬉しいです。開けてもいいでしょうか？」

「ああ、待って……いや、その……」

滅多にない動揺したラメル様の声を聞いてしまいました。箱を開けると中から美しい生地が出てきます。そっと取り出すと艶のある生地でできたナイトドレスで可愛らしい花が飾りつけてあります。

――これもピンク。

「視察先の特産品です。是非奥様にと言われて断れなかっただけです。――他意はありません」

驚いている私にラメル様は言いました。「勘違い」しないように念を押しているのでしょうか。そうですね。私にこんな可愛らしいナイトドレスは不似合いです。そう思ってこの際思っていることを告げることにしました。

「ラメル様……先日、月の物が来たのです」

「ええ。侍女から報告を受けました。残念でしたね」

「え？　それは……」

いつもの無表情でラメル様がおっしゃいました。公爵の妻である期間が短くなって『残念だったろう』という意味ですか？　ラメル様の目にも私は玉の輿にすがる年増の女に映っているのでしょうか。ラメル様から特別に好意も感じられませんが悪意のある態度も見せられていなかったから酷く、ショックです。

「わ、私はいつでも（離婚を）受け入れます。ですから、ご安心ください」

「――そう言ってもらえて安心しました。では、そのナイトドレス、着てもらえるんですね」

あれ？　会話がかみ合わない。どうして着ることになるのでしょう？

「あの、それは、どういう？」

「貴方のことだ、また大事だと言って着てもらえないのは寂しいです。今、着てほしいのですが、どうですか？　もちろん着替える間は席を外します」

「え」

わけが分からなくて戸惑っているとラメル様が再びドアの向こうに消えてしまいました。――これを、今、私が着る？　しかし、またラメル様が戻ってくるようなので急いで着替えなければなりません。着替え途中の肌を見せるなど論外なのですから。

焦ってナイトドレスを身につけたものの、私はすぐに後悔しました。その生地は透けてはいないものの、なめらかな美しい素材で体の線をはっきりと映し出していたのです。もう就寝するつもりだったので胸当てもつけていません。花のモチーフで隠れているといっても胸の尖りが生地を押し上げていて恥ずかしい限りです。せめて何か上に羽織ろうとクローゼットに向かおうとした時、また扉の開く音がしました。

「着てくださいましたね」

その声に恐々振り向きます。ラメル様の声色に熱を感じた気がしました。

「私のことが怖いですか？」

ラメル様はそっと私の肩にかかっている髪を背中に流しました。ピクリと肩が揺れたのが分かったのでしょう。正直、少し怖いです。けれども仮にも自分の夫となった人を怖いなど言ってはいけません。首を緩く横に振るとラメル様がそっと私の顎に手をかけて上を向かせました。わけも分からずジッとしているとラメル様の唇が私の唇に降りてきました。

結婚後、初めての口づけでした。

「酔っておられるのですか？」

ラメル様からお酒の匂いがしました。口内から濃厚な香りが鼻に抜けます。結婚式でさえ避けた口づけだったのに。

「そうですね。今夜は特に——」

まさか。私を抱く気になったのでしょうか。

酔うと性欲が高まると聞きます。結婚したばかりのラメル様は私の他では解消できないかもしれません。新婚なのだから私を抱くのが道理なのでしょう……。けれども離婚するのだからもうそっとしておいてくれないのでしょうか。そうは思うのですがラメル様は本気なようで、私の手を引いて寝台に向かいます。

——そうですね、一度抱いたのだから同じことです。

子供さえできなければいいのです。

あの時の痛みを思い出して体がぶるりと震えます。けれども私に拒否権などありません。

「優しくしてください」

蚊の鳴くような私の声を受け取ってくださったのか、ラメル様は頷いてから私を寝台へ沈めました。

今身につけたばかりのナイトドレスの肩紐がラメル様の手で外され音も立てずにドレスが腰まで落ちていきました。

露になった私の上半身をラメル様が熱のこもった目で見ています。あの時は媚薬が効いていたから私を抱けたのではないかと思っていました。性欲なんて縁のなさそうなラメル様も男性だったのですね。──穴であればいいという人もいるくらいです。こんな私の体でも性欲の解消くらいはできるのかもしれません。

「フェリ……綺麗です」

ほの暗い室内に私の体が浮かび上がってみえて恥ずかしいです。そんなに見なくてもいいのではないでしょうか。

「触れてもいいですか？」

私のせめてもの願いを聞き入れてくださったのでしょう。壊れ物を触るようにラメル様が私に手を伸ばしてこられました。その手は温かく、優しく胸に触れました。

「は、恥ずかしいです……」

恐る恐るといった感じで触れていた手がだんだんと大胆に動きます。下から包み込むようにやわやわと揉まれているのを見るのは本当に忍びないです。

「とても柔らかい」

ラメル様、感想はいいので早く終わらせてもらいたいです。そんな私の思いも虚しくラメル様は私の胸を触ることに夢中になっています。

「あっ……」

ぬるりとした感触と同時に視界にはラメル様の蜂蜜色の髪が見えます。私の胸の先端を口に含むラメル様。なんという視覚の暴力でしょう。もう片方は指で刺激を与えられています。くりくりと弄られるたびに私の口からははしたない声が漏れてしまいます。

魔法のようにナイトドレスは取り払われ、心もとない面積の下穿きしかもう残っていません。その下穿きさえもラメル様の指の侵入を許してしまっています。

「濡れていますね」

くりくりと敏感な場所をしつこく刺激されてラメル様にしがみつくしかできません。ラメル様は見たこともない乱暴な仕草でご自分の服を煩わしそうに脱いでベッドの外に放り投げました。ラメル様の裸をまともに見るのは初めてです。

「ああ」

入り口を探っていた指が私の中へと潜り込んできます。あの交わりから初めて受け入れるのですが、正気であるために恥ずかしくて、体が火照って、もう、何がなんだか分かりません。

「狭いな」

そう聞こえたかと思えばぐっと深く指を沈められ、べろりとひだを舐め上げられました。

「ラ、ラメル様！　そんなところ！」

私のひ、秘所を！　な、舐めるだなんて！

身を捩って逃げようとしても足を広げられて押さえられて動けません。あまりの刺激に思わずラメル様の頭を両手で押さえてしまいます。

「あぁっ！　だ、駄目！　駄目です！」

ぴちゃぴちゃと秘所を舐め上げられて、指で中を掻き出すように探られて、頭が真っ白になります。

「ああ、や——っ」

あまりの快感にラメル様の髪に深く指を絡ませてしまいました。びくびくと体は跳ね、何かが体の中を突き抜けるような感覚でした。

しばらく脱力してハアハアと息を整えていると私の足の間を陣取っていたラメル様が体を起こしました。ぼんやりと見ているとラメル様がお腹まで反り返っていた肉棒を私の秘所に充てました。

「受け入れてくれますか？」

ここで、それを、聞くのですか？　とは思いましたが、コクコクと頷きました。するとすぐにそれは私の中に侵入してきました。

「くぅう。あ、あつい……っ」

「フェリ、名前を呼んでください」

「ああ、ラメル様……」

私の声を聞いて入ってきていたモノがぐっと質量を増しました。どうして？　大きくしないでください。

「っつ」

見上げると余裕のない顔でラメル様が腰を進めています。なんだかそんな姿はとても可愛くて……。

少しでもラメル様が楽なようにと力を抜いて必死に受け入れました。

やがてぴったりとラメル様がそこに収まると再びラメル様が口づけをしてくれました。

「んは」

私は必死にラメル様の舌の動きに応えます。ゆっくりと腰の律動が始まり、恥ずかしさとその熱に翻弄されながら私の口からはもう嬌声が上がるだけでした。

「フェリ、出します」

艶のあるかすれた声でラメル様がそう告げて激しく腰を打ちつけます。私はすがるようにラメル様の背中に手を回し、息苦しさも感じる口づけを受けました。

「……くっ！」

私の中でラメル様が弾けて、広がります。

「フェリ、可愛い。可愛い人……」

ラメル様が何度もそう言いながら口づけを与えてくれました。たとえそれがベッドの上での甘言だったとしても嬉しく、まるで愛されているかのように感じてしまいました。

初めての情熱的な情事とは違い、二度目は丁寧で優しい交わりでした。ラメル様はじれったくなるほど私の体をグズグズにしてからゆっくりと私の体を暴きました。挿入も違和感はあるものの痛みはなく、それよりもこれほどに人の温もりを感じて安心できたことはありませんでした。

「フェリ……」

時折私を呼んでくれる吐息はお酒の匂い。それでも、一つになったこと、名を呼んでもらえることが嬉しかったのです。


けれど朝、起きると私は寝台に一人でした。私は裸でしたし下半身に違和感があるので夢だったということもないようです。

ラメル様は朝起きて後悔したのでしょうか。心もとなくなってシーツを手繰り寄せ、ラメル様の部屋に続く扉を見つめました。好き合った恋人同士のように朝を迎えたかったわけじゃありません。贅沢を言ってはいけないのはわかっていましたが寂しい思いが募りました。


「あれ……。おかしいな……」


ぽたり、ぽたりとシーツに涙が落ちます。

王宮で働いていろんな悪意も乗り越えてきたのにこんなに私は弱かったのでしょうか。それでもグズグズと泣きながらシーツを片づけます。

自分の始末はしたことはありませんでしたが手順はお手のものです。ラメル様と性交渉したなどとバレたらナサリーに何を言われてしまうでしょう。惨めなことだとは分かっていました。でも、性処理に扱われたとしてもそれを他人に指摘されたくはありません。

――それに酔っていたとはいえラメル様は昨晩とても優しくしてくれました。ラメル様にとっては他愛ないことだろうけれど、昨日の晩が私にとっては初めての経験のようなものです。誰かに求められた経験を心の中に秘めて宝物にするくらいは許されるはずです。

もう、あのナイトドレスを着ることはないでしょう。

そう思っていたのに……。この夜を境にラメル様が頻繁に寝台に訪れるようになったのです。

「え？」

昨日も来られましたよね……。とは言えませんでした。ラメル様が今夜は濃紺の箱を持っていました。

「これを」

そう言って渡すとラメル様が一旦ご自分のお部屋に戻っていきます。

パタンとドアが閉まる音がしてから、恐る恐る箱を開けるとこの間とは違う今度は濃いめのピンクのナイトドレスが出てきました。今度は胸の辺りに細かいフリルのついたものです。丈が長いだけマシですが。これを、どうしろと。

「失礼、まだ着替え終わっていませんでしたか」

箱から出したドレスを手に持って途方に暮れているとラメル様がまたドアから入ってきますが私と

ドレスを見てもう一度部屋に戻っていきました。

え。

ということは私にまたこれを着ろとおっしゃっているのでしょうか。少し考えて、でも今更ですので着替えました。

すると正解だったようで今度はラメル様が部屋に入ってきます。

「綺麗です。フェリ」

男の人は女の人を抱く時、こうやって口説くのが流儀なのでしょうか。期待している自分がどこかにいて辛い。

じっとラメル様を見上げてもキスが下りてくるだけで、その表情から何かを読み取ることはできませんでした。

「屋敷の生活は辛くないですか？」

「いえ……」

そう聞かれても私はいずれいなくなります。今は少しだけ温もりが欲しいのです。

優しく、ゆっくりと。ラメル様は私を抱いてくれます。

でも私は本当はラメル様が情熱的になることも知っています。きっと本当に好いた人なら激しく求めたりもするでしょう。性欲解消程度ならこんなものなのでしょうか。優しくしてくださってるだけでもありがたいのになんと私の欲深いことでしょう。

それでも毎晩のように部屋を訪れて、ラメル様は私を抱いていきます。時々ナイトドレスもプレゼントしてくれます。それを嬉しいと思うことぐらい許されているはずです。

「少しは役に立っておられるようですね。ラメル様もセリーナ様と結ばれるまでに娼館に行くわけにもいきませんもの」

シーツをこっそりと洗い場に持っていっているとナサリーに声をかけられました。とっくにバレているのは知っていましたが、声をかけられることがなくてホッとしていたのに。——分かっていてもあまりの言われように絶句してしまいます。

「ちゃんと、避妊はするんですよ」

念を押されて足の力が抜けてしまいました。

数回目まではナサリーに言われていたように避妊薬を飲んでいました。けれど、嗜みだとお守りのように実家を出る時に持たされた僅かな薬もなくなってしまい、ラメル様が言い出さないのをいいことに最近は飲んでいません。女性が飲む避妊薬はお金がかかります。城で働くという私に母が親心で用意してくれた薬でしたので今、仮の妻である私にはそれを手に入れる手立てはありません。

味方のいないこの場所が辛くて、寂しくて、いつしか夜が訪れるのを待ち遠しく思い、ただラメル様の温もりにすがるように抱かれました。……私は壊れかけていたのかもしれません。次第に私はラメル様との子供を望むようになったのです。

もしも。


もしも神様が授けてくださるのなら。

この命に代えても大切にしよう。

そうして、ここから逃げ出して。子供とどこか遠くの国でひっそりと暮らすのです。


今まで遊ばずに働いてきた分、少しは自由にできるお金も預けてあります。

私がいなくなれば、きっとラメル様はすぐに良縁に恵まれます。私との子供はいない方がいいに決まっていますしセリーナ様とだって障害もなく復縁できるでしょう。

その日は何か予感があったのかもしれません。朝から調子の悪かった私は風に当たろうと庭園に出ていました。どうも部屋の匂いを受けつけなかったのです。


ベンチに深く腰かけて深い息をしていると偶然ステア様に出会いました。

「いつまで兄さんの妻の座にいるつもりだ？　こっちはほとほと迷惑しているんだ」

私を見つけるとステア様は攻撃的にそう言いました。ラメル様の面影があるその口から聞かされる辛辣な言葉は私の胸に刺さります。結婚式の時もステア様は始終ふてくされていました。

「そうですね。――半年もラメル様は我慢なさったもの。もうそろそろ離縁していい頃ですね」

するすると言葉が零れました。今まではまだ時期ではないと黙っていましたが、もう限界だったのです。

「最初からそれが目的だったのか？　――言っておくが慰謝料なんて一銭もくれてやらないからな。こちらが請求してもいいくらいだ。ナサリーに聞いて知っているんだぞ。夜な夜な夫婦の寝室に男を連れ込んでいるらしいじゃないか。この浮気女め。シーツを密(ひそ)かに処理してたって悪いことはバレるものだ！」

「……」

どうやらラメル様との情事は「他の男」ということになっているみたいです。驚きのあまり声も出ませんでした。シーツをこっそりと処理していたのが裏目に出たのでしょうか……いや、いっそこのおかしな誤解のままここを離れた方が良いでしょう。

「ステア様、お願いがあります。私を逃がしてくれませんか？　いなくなった後私が男と逃げたのだと触れ回ってもらって構いません」

「え？」

「王妃様の心遣いもあり、一度私たちは結婚せねばなりませんでした。あの時私を切り捨てていたらラメル様の評判は地を這(は)っていたでしょう。でももう責任を取ったのですし、私が悪いとなればラメル様が責められることはないでしょう」

「何を言ってるんだ？　自分の不貞を棚に上げてその言い草か。しかし、兄さんがお前と縁が切れるならいくらでも協力してやる」

「ただ、悪者は私一人にしていただけないでしょうか。私の家族は何も悪くないのです」

「普通ならお前の実家の男爵家にも責任を取ってもらうところだが、まあ、お前も最初から策略があってのことではないからな。その辺は取り計らってやる」

「ありがとうございます」

ホッとしてステア様に笑いかけるとステア様は変な顔をしました。これでもうここから離れる決心がつきました。立ち去っていくステア様の背中にラメル様の面影を重ねました。

「サニーにも挨拶しておこうかしら」

ここを出る算段もついて王妃様の温室に少しだけ顔を出すことにしました。随分訪れていなかったように思います。もう一度、ここを離れる前に侍女として城で頑張っていた日々を支えてくれたあのお気に入りの風景を目に焼きつけておきたいと思いました。

「フェリさん！　爺（じい）ちゃんに良いところにお嫁に行ったって聞いたんだけど！」

「サニー元気にしていた？」

「僕は元気だよ。でも、フェリさんは痩せたみたい」

「大丈夫よ。ほら、綺麗な服を着たら女の人は痩せて見えるんだから。貴方にお土産を持ってきたわ」

「わ！　ありがとう！　飴が入ってる！」

「少しずつ食べるのよ」

様々な色の飴の入った小瓶を渡すとサニーは弾けるような笑顔になりました。

「でも、本当に大丈夫なの？　だってさ、前に病気で休んでいたことがあったでしょう？　あの時にフェリさんのお見舞いの花を選んだのは僕なんだよ？」

「大丈夫よ。元気になったわ。あの時のお花、綺麗だった。ありがとうサニー」

「毎日、お花を贈るなんてフェリさんの旦那様は優しいよね」

キラキラとした目でそう語るサニーに大人の事情は言えません。苦笑してサニーの頭を撫ぜました。

部屋に戻ってから私は衣装ケースにナイトドレスを入れます。なぜか数枚に増えたそれですが、もう、これも必要ありません。必要なものはこの身一つで足りるのです。

次の日アメリ様にお茶に誘われました。すこし気は引けましたがアメリ様には優しくしていただいたので最後に会っておきたいと思いました。

「昨日、ステアお兄様とご一緒のところを見かけましたが、何か言われたりしていませんか？」

「え？　いえ」

「ステアお兄様は性格が悪いわけではないのですが思い込みが激しいのです。なぜかあのセリーナを女神のように思っているし。はあ。ラメルお兄様は優秀だけど感情が読みにくいし、フェリお姉様にはご苦労をおかけします」

「苦労なんてかけられてはおりません。それに、セリーナ様がお美しいのは誰もが知っていることです」

「――ごめんなさい。お姉様。迂闊に名前を出していいものではありませんでした。不快な思いをさせてごめんなさい」

「気にしないでください。――いつも優しくしてくださってありがとうございます」

「そんな！　私、何度も言いますけれど本当にお姉様でよかったと思っているのですよ？　こんなに穏やかで優しい女性はなかなかいないのですから！」

「――ありがとうございます」

こうやって元気づけてもらえるだけで嬉しかったです。アメリ様。本当にありがとうございました。ひと時でも貴方に「お姉様」と呼ばれて嬉しかったです。

＊＊＊

「一週間後に出ていこうかと思います。ステア様、馬車の手配をしていただけないでしょうか」

その後私はステア様と連絡を取り合いました。ここから出るには誰かの協力が必要です。ステア様は私に出ていってほしいので適役です。

「そんなにすぐにか？」

兄の結婚相手に不満だっただけのようでそれ以外のお話をしてみるとステア様はこちらが心配になるような素直な方でした。最初こそ罵られましたが逃亡の相談をするようになってからはそう酷いことも言われなくなっています。

「結婚した時から考えてきたことなのです。それに、ラメル様が出かけられている方が都合がいいでしょうから」

「……結婚前から好いた男だったのか？　——なんか、兄さんの事情だけ考えていて悪かったな。どこに行くつもりなんだ？　その、なんだ、慰謝料は出さん、と言ったが餞別(せんべつ)はくれてやらんでもない」

ステア様は私に他に男の人がいると確信しているみたいです。どうしてそうなるのかまったく不思議です。

「行く先は知らない方がお互いのためでしょう。——ステア様はお優しいのですね。どうぞ、ラメル様を支えてあげてください」

「——最近体調を崩したと聞いたが大丈夫なのか？」

「大したことではありません。では、よろしくお願いします」

侍女を務めていた頃のお金は他に預けてあるし、当座のお金は手持ちのもので大丈夫です。私が屋敷以外の馬車の手配などすればすぐに不審がられますからね。ここはステア様に任せるしかありません。

突然いなくなった私をラメル様はどう思うでしょうか。
怒るでしょうか。
それともホッとするでしょうか？
少しは。
少しは寂しいと思ってくれたら……。

ジッと私を見つめるグリーンの瞳。その表情からは思いつかないような優しい手の感触が蘇（よみがえ）って胸を締めつけます。一度もラメル様が私に無体を強いることはありませんでした。ラメル様が隣領地の次男とかだったら……そうだったとしてもあんなに美男じゃ駄目ですね。そんな馬鹿なことを思ってしまう自分を断ち切るように首を振り小さなカバンに必要なものだけ詰め込みました。
私の荷物なんてたったこれだけ。自分のちっぽけさをおかしく思いながら、けれどもこの世で一番大切なものを持っていける嬉しさに震えました。

＊＊＊

　その日からラメル様は三日ほど社交を兼ねて海沿いに新設された工場の見学に行かれました。工場主はセリーナ様のお父様のフォード伯爵です。もしかしたら滞在も長引くかもしれません。そんな日に私がここからいなくなるというのはなんの皮肉なのでしょうか。

　朝から小雨が降っていて出発の門出とは言い難く、まるで私の曇った気持ちのようです。早速ステア様が用意してくれた立派な馬車に乗り込みました。餞別を断ったのでその分良い馬車にしてくれたのでしょう。

「こんな立派な馬車を用意していただいてありがとうございます」

「別に。大したことじゃない。それよりも、あんた、荷物はそれだけなのか？」

「はい……あの」

「あんたの男の顔が拝みたくてな。なあに、落ち合ったら俺は馬車を降りるから心配するな」

「いえ、その」

「さ、おい、出してくれ！」

　ステア様が御者に声をかけて馬車が動き出してしまいます。どうしてかステア様は強引に隣に乗り込んでこられました。困ったことに私には落ち合う男などいないのです。乗り込む前に御者には行き先を告げていますしステア様には直ぐにでも馬車から降りてもらわないと。

「いけません。ステア様、降りてください」

「兄さんを裏切っていたんだ。それぐらい見てもいいだろう」

「ですが……」

公爵家の屋敷の夫婦の寝室で新妻が間男となんて、そんな馬鹿な話があるはずがありません。大体ラメル様の目を盗んでそんな大罪をやってのける悪女ならせっかく手に入れた公爵家を出ていったりしないでしょう。ステア様はご自分の発言が兄であるラメル様を落としていることに気づいていないのでしょうか。

ワクワクと隣に座るステア様。こんなことになるならもっと他の言い訳にすればよかったです。困ったことに興味津々のステア様が馬車を降りるそぶりはまったくありません。

これは、私一人なのだと告げるしかない。しかし、この思い込みの激しい無邪気な人にどうやって説明しようと考えてやっと話そうと腹をくくった時には三十分ほど経過していました。

「あの、ステア様……」

ヒヒヒーン!!

その時、馬の鳴き声が聞こえ、馬車が揺れました。

「ステアお坊ちゃま!!　強盗です！」

御者の声に窓の外を見ると馬に乗った黒ずくめの二人組の男たちが見えます。

「速度を落とすな！　応戦する。走り続けろ！　おい、あんたは体を低くしておけ！」

ステア様はそう言って腰に佩いていた剣を抜いています。そう言えばステア様は軍人でした。屋敷にいる時も私服しか見たことがないのであまりそういう目で見たことがありませんでした。

バン、と馬車の扉を開けてステア様が一人目の強盗を馬から落とし、もう一人に向かって剣を向けます。数分間、対峙していたようですが馬車の速度が変わらないことに舌打ちして諦めたのか強盗が遠ざかっていきました。

そのまま、馬車は速度を保って走り続けていましたが、しばらくして止まりました。


「おい。大丈夫か？」

恐ろしさからがくがくと震えながら上を向くと心配そうにステア様が私を見ています。そういう顔はラメル様の面影があって心が弱くなりそうです。

「……ステア様がいてくださって……助かりました」

なんとかその言葉を告げるとステア様が口を尖らせました。

「あんたの男がちゃんと迎えに来ないからだ。まあ、でも俺がいてよかった」

「そのことなのですが……」

「はあ……。しかし、ここはどこだ？」

「ステアお坊ちゃま。あそこに小屋がございました。雨も降っています。若奥様とご一緒にそちらで休ませてもらいましょう」

御者が雨宿りの場所を見つけてくれたようで声をかけてくれました。雨音は随分大きくなっています。私たち三人はそこで雨宿りさせてもらうことにしました。

「どうやら農具をしまう小屋のようですね。雨は凌げるでしょう。馬車を繋いでおけそうな小屋も向かいにありましたので私は馬を見てまいります」

「ありがとうございます――ええと」

「ダールと申します。若奥様」

「ありがとうございます、ダールさん」

てっきり雇われ御者かと思っていましたが屋敷の馬車だったようです。これで逃亡とは呆れてしまいます。ステア様は何を考えてこれを用意したのでしょうか。どうしてわざわざステア様に頼んで公爵家の馬車の手配をしてもらう必要があったのでしょう？

はあ、と深くため息をついてもこれは許されるでしょう。細かく指示をしなかった私が間抜けだったということなのでしょうか。それにしても納得できません。

キョロキョロと小屋の中を見回して中央にあった炉に薪をくべて火をおこします。私たち二人は大したことはありませんがダールさんはずぶ濡れになっています。ロープを張って服を乾かす準備をしました。幸い布が何枚か置かれていたので使わせてもらいます。コップとお椀(わん)を見つけて小さな鍋に湯を沸かして注ぎます。体は温めた方がいいでしょう。

「ステア様、ただのお湯で申し訳ありませんが」

炉の前に座らせたステア様にコップを渡し、私は地図を広げました。大体の時間を考え合わせてここがどこだか把握しなければいけません。

「その……」

地図とにらめっこしていた私にステア様が声をかけてきました。

「私は恐怖のあまりどのくらい道を外れて走っていたのか見当がつきにくいのですが、ステア様はどのくらいか分かりますか？」

「あ、ああ。二十分程度だと思う」

「曇っていたのではっきりとはわかりませんが北に向かったとすればここはレザスの外れでしょうか。サクメトに向かっていたのでズレてしまいましたが遠くもありません」

「そこで待ち合わせしていたのか？」

「その話ですが、私にはその、待ち合わせている男の人はおりません」

「え？　では、捨てられていたのか？」

「え？」

「なんだか気の毒になってきた。フローラ姫の策略に乗っかって、まんまと兄さんの妻の座を得てほくそ笑んでいると聞いていたんだ。そのうち被害者の立場を利用して散財して公爵家をつぶすだろうって。――それが恋人がいたのに例の事件で兄さんの嫁になったのならお互いが不幸だったのだな。しかもその男には捨てられたのか？」

「あの、それなのですが。そもそも私にはそのような男の方はおりません」

「は？」

ステア様がポカンとしています。パチパチと薪が燃える音がしていました。

「そもそも、夫婦の寝室なのですから相手はラメル様の他にはおられないではないですか？　しかもラメル様は寝室に間男を招き入れるような妻を持つ間抜けではありません」

「いや、だって、俺は確かにあんたが浮気していると……」

「――屋敷で私は酷く嫌われていましたから。私が陰口を叩かれるのは慣れていますし、他の場所でのことなら構いません。でも、ラメル様を貶めるようなことはおっしゃらないでください。屋敷を出る私が言うことではありませんがステア様にはラメル様をお守りしていただきたいのです。ラメル様は立派な方なのですから。それと。今回の逃亡劇はひとまずこれで終わりです。一度屋敷に戻ります」

「どうしてだ？　帰りたくなったのか？　せっかく協力してやったのに」

ステア様のその発言でとうとう不満が爆発しました。言っちゃだめだとこれでも随分我慢していましたけど、バカなんですか!?

「ステア様？　貴方に馬車の用意を頼んだのは私が屋敷以外の馬車を用意したら不審がられてしまうからです。なのに、屋敷の馬車など用意してどうするつもりだったのですか？　そんなことすればすぐに私の居場所が分かってしまうではないですか！　貴方は私に屋敷から出ていってほしかったのでしょう⁉　しかも、御者まで屋敷の方！　私が誰か分かっている人に逃亡の手助けをさせてどうするのですか！」

「え。ダ、ダメだったのか？」

驚愕（きょうがく）のステア様の顔を見て悟りました。駄目だ、この人。なにも考えていない。とてもあの切れ者のラメル様の弟とは思えません。頭がクラクラしてきました。

「このまま私がいなくなればダールさんに何かしら処分が下るでしょう。しかも乗り込んできたステア様が関わっているとバレバレです。今日は用事があってステア様と外へ出たことにします。一度帰って、屋敷を出るのはまたの機会にします。その時は、一切関わりのない外部の馬車を用意していただきたいですが！」

「！　な、なんかゴメン。俺、頭使うのが苦手でさ。うちの親があんたのことすっげー褒めていたのが本当だと分かった。確かに家の馬車なんて使えばバレバレだ！　申し訳ない！　ダールにも要らぬ罪を背負わせるところだった……あんたはこの短時間で炉に火を入れ、使用人も思いやってロープを張っている。体温を上げるために白湯（さゆ）まで用意した。本当は俺が率先して皆の事を思いやらなければならなかったのに俺は感心して見ていただけだ。恥ずかしい」

「それは、元々侍女として働いていましたから」

「いや、あんたは地図まで出して場所の確認をしていた。そこらの娘ではただ震えて救助を待つだけだろう」

「……見直していただけたのなら嬉しいです。今夜はここで泊まることになるでしょう。雨音も大きくなってきましたからね。生憎(あいにく)クッキーしかありませんがないよりはマシです。食べて、明日に備えましょう」

「俺は軍人だからそんなのは大丈夫だ。ただ、こんな小屋であんたに雑魚寝させることになって申し訳ない」

「今更私の評判など落ちようがないからいいのです。それに、出ていくと決めたのですから」

「それ、なのだが……。あんたは俺が聞いていた人物像とかけ離れているんだ」

「それは、悪い意味でしょうか？」

「いや、いい意味でだ。それに、もしかしてあんたは兄さんが好きなのか？」

「──ラメル様を尊敬しております。けれど今まで雲の上の存在だったので好きとかそういうのは分からないのです。この結婚は事故でした。ラメル様にはすでにご婚約者がいて、急に来た私が妻では皆様が納得されないのは分かっています。可能ならセリーナ様にラメル様をお返しするのが一番の道かと思っています」

「……。それは、身を引くってことか？　あんたは公爵家に目がくらんだんじゃなかったのか。あんたを嫁に迎えるためにラメル兄さんが各所を駆けずり回ってお願いしてるというのにのうのうと屋敷で暮らしてるんじゃないのか？」

「いえ……のうのうと暮らしているつもりはなかったのですが……元々一生独身でいようと思っていたのです。ひと時でも立派な夫ができたことは良かったと思っています」

「あんたは、それでいいのか？」

「あの事件の被害者は私とラメル様。けれどラメル様の方が多くの被害を受けたのです。婚約解消までさせられて『とんだ貧乏くじ』を引いたのです。王妃様の計らいで結婚しなければなりませんでしたが私の不始末で離婚になればラメル様はまた良縁を望めるでしょう」

そう言い切ると同時にガバリとステア様が私に頭を下げてきました。

「すまなかった！　あんたを『貧乏くじ』呼ばわりして！　あんたは兄さんのことをこんなにも考えてくれていたのに。あんたのこと『悪女』だって教えられたんだ。ラメル兄さんを助けるためには俺が頑張るしかない、あんたを屋敷から追い出してほしいって。俺、バカでさ。父さんにも見捨てられそうになったのをラメル兄さんにいろいろと助けてもらったんだ。軍に入ったのもラメル兄さんの口利き。バカな俺でも頑張れることがあるって教えてくれた。本当に兄さんには頭が上がらないんだ。そんな兄さんを大事に思ってくれたあんたに酷いことを言った。悪かった！」

「あ、頭を上げてください。私は大丈夫ですから」

私がそう言って笑うとステア様が苦虫を噛みつぶしたような顔をしました。ダールさんはまだ帰ってきません。馬は大丈夫だったのでしょうか。

ふと、自分の肩が濡れていることに気づきました。今日も朝から髪をギリギリと結われていたのを思い出すと急に頭が痛い気がしてきました。乾かそうと髪を解いて布で丁寧に拭きます。

「そうすると印象が変わる。そっちの方がいいよ」

ポツリ、とステア様がこちらを見て言いました。

「そうですか？　そんなに見ないでください。さすがに恥ずかしいです」

「……兄さんと離婚して、もしも誰も頼る人がいなかったら俺を頼ると良い」

「え？」

「俺、あんたみたいに人に気を配れる女性に会ったことがない。割と昔から周りに我の強い女性が多くてさ。この世に相手のことを思って身を引く女性がいるなんて考えられなかった」

「私みたいなのはそれこそ、そこここにおりますよ」

「よく見たら、あんた、綺麗だな」

「そ、そうですか？　随分薹もたっていますよ？」

「そんなことない。同い年だろ？」

急に褒められるのが恥ずかしくて言葉を茶化します。炉の火に照らされたラメル様に似たステア様に言われるとドキッとしてしまいます。じっと見られるのも落ち着かなくて視線を落としました。

「フェリ……」

不意に名を呼ばれて顔を上げます。ステア様の節くれだった手が伸びてくるのを私はぼんやりと見ていました。

「ステア。私の妻に触れてはなりませんよ」

その時、唸るような低いその声が小屋に響き、体が震えました。

そんな、まさか。セリーナ様のお父様フォード伯爵の経営する工場の見学に行ったのでは……。

「兄さん!?」

あっという間の出来事でした。突如現れたラメル様にドガッ、ガツッ、と音がしてステア様が床に倒されて腕を後ろに締め上げられてしまったのです。

「いで、いでででででっ!!」

「あ、あああの……」

「私はフェリと結婚できて幸せですよ」

そう私に顔を向けてラメル様が言います。なぜ、ラメル様がここに!? と思うもののラメル様の外套からはポタポタと水が滴っています。後ろにいたダールさんと少し厳つい三人の使用人らしき人も

ずぶ濡れで立っています。

「貴方を他の誰にも譲る気もありません」

「あ、あの、その。ええと。皆さん、風邪を引いてしまいます！」

まだ言い募ろうとしたラメル様を止めてまずは服を乾かすべきだと思いました。

＊＊＊

パチパチと火が燃えている音がします。粗方乾いた私とステア様はラメル様たちに火の前を譲りました。ダールさんと他三人は頑なに拒否して少し離れたところにいますが、その代わりタオルを渡しておきました。

ラメル様は私とステア様にもう一度座るように目配せすると静かに話し出しました。

「フェリに異変があれば知らせるように信頼できる屋敷の者に頼んでいたんです。大体のことは想像していましたが実際にフェリが屋敷を出たのはショックでした。ステア。どうしてお前は私の妻を誘拐したのです？」

「へ⁉　ゆ、誘拐⁉　そんな、バカな⁉」

「私は非常に怒っています。弟として可愛がってきたお前がこんなことをしでかすとはね。誰にそそのかされたかは分かっていますよ？　フォード伯爵が口を割りましたからね。彼はなんとしてでも私にセリーナを押しつけたかったようです。婚約解消された当のセリーナはさほど気にしていないようでしたのに。今後一切フェリには手を出させません。先ほどの賊も捕まえました。これ以上の言い逃れはできないでしょう」

「兄さん！　俺、誘拐なんて！」

「――冗談です。まあ、そういう筋書きにしてお前に罪を問いたいですがフェリにまたよからぬ噂が立つといけませんので我慢します。強盗だと偽った襲撃もフォードの手によるものです。大方ステアが今日フェリが出発するのをナサリーに話したんでしょう？　ナサリーはフォード伯爵と繋がっていましたからね。ステアには後できっちり罰を受けてもらいます。が、なぜだか一緒に乗り込んでフェリの身を守ってくれたことは感謝しています。――今朝からずっとこの馬車は私と王太子にお借りした私兵が見張っていましたがね」

「「え!?」」

「さあ、別荘に向かいますよ？　危険な散歩は終わりです。私がダールに頼んで領地周辺をぐるぐる走らせていましたからね。フェリ、今後の安全のためとはいえ貴方に怖い思いをさせました。申し訳ありません」

「わ、私が出ていくのを知っておられたのですか？」

「雨が降っていて助かりました。いくら土地勘のない貴方でも同じところを回れば気づいてしまうだろうから。ステアが乗り込んだのは予想外でしたがね。フェリ、貴方の部屋に残された箱を見た私の気持ちが貴方に分かりますか？　随分と荷物が少ないのも気になっていたのです。貴方は初めから身を引くつもりだったのですね」

「それは……。はい。このままでは不幸な事故で婚約者と別れて私と結婚しなくてはならなかったラメル様がおかわいそうです」

「それがおかしい。なぜ、私がかわいそうなんです？　確かに貴方は私なんかと結婚させられて気の毒でしたが」

「え。気の毒なのはラメル様です」

「私は頭が良く謙虚で可愛い貴方と結婚できて幸運だと思ってます」

「「え」」

ラメル様がそう言うので驚きで上がった声がステア様と重なりました。

「でも、兄さんはセリーナと……」

「ステア、貴方の目にはセリーナがよほど魅力的に見えるのでしょうが私は違います。セリーナはフォードの名を使って大散財し、フォード家はひと財産失くしているのです。若い娘に修道院はかわいそうだとフォード伯爵に泣きつかれたのが独身だった私でした。親戚でしたし他に被害が及ぶことを考えたら私が監視した方が良いと結婚を請け負いました。しかし、私が結婚を受けたことで一安心していたフォード伯爵に思わぬ出来事が起こってしまった。フェリとの例の事件です」

「……」

　絶句する私をちらりと見てラメル様が続けました。

「セリーナは婚約解消に対してさほど気にしていませんでしたがフォード伯爵には我慢できなかったようです。結果、フェリが狙われることになってしまいました。私の不徳とするところです。フェリには本当に申し訳ありません」

「まさか、セリーナが？　まだ十七歳の娘が大散財？　そんな話一つも聞いてないぞ？　フォード伯爵はフェリが『散財して公爵家をつぶすだろう』って言ってたのに」

「フェリが散財してつぶす!?　呆れてものも言えませんよ。まるっきり自分の娘のことではないですか！　――そう言えばステアはセリーナのことをとても気に入っていましたね。次の婚約者にステアを推薦しておきます。セリーナも喜ぶでしょう。彼女が気に入っていたのは私の顔だけですからステアなら大丈夫です」

「え？　お、俺？」

「もちろんセリーナとは清い関係でしたから問題ないでしょう？　良かった。良かった」

　フン、と鼻を鳴らしてステア様に言い切るとラメル様が今度は私に顔を向けました。

「贈ったものも一度は着てくれても二度は身につけてくれません。貴方はいつも喪に服した未亡人みたいな格好をしている。初めは嫌われているのだと思っていましたが私が出先で購入した土産も貴方に届いた形跡がないのでおかしいと思ったのです。――やっと証拠も掴みました。ナサリーはフォード伯爵と繋がり、私が貴方に贈ったものを横領した上に貴方の悪い噂を流していました。長年勤めてくれて信頼していたのに私の妻に酷い仕打ちです。ここへ来る前に解雇して窃盗の余罪もあるので騎士団に引き渡しました」

「どうして、ナサリーが？」

嫌われているのは知っていますがラメル様が購入したものを横領するのはやりすぎです。

「私にセリーナと結婚して彼女の夢物語通りの人生を歩んでほしかったらしいです。確かに幼い頃から面倒を見てもらっていましたが何を勘違いしていたのでしょうか。そこにフォード伯爵がつけ込んだのです。事故を装ってナサリーに莫大な借金を負わせ、お金を援助する代わりにいろいろと情報を流させていたようです。フェリに安心して屋敷で過ごしてもらうための人選だったのにそれが裏目に出てしまいました」

「……」

「もっと早くに解決できれば良かったのです。私が愚図だったばかりに貴方に辛い思いをさせてしまいました。城の貴族ばかりに気を取られて、まさか屋敷の使用人が貴方に酷い仕打ちをするとは思わなかったのです」

説明を受けながら私はラメル様の濡れた外套を眺めていました。恐らくこの雨の中、私を見守るためにずっと外におられたのでしょう。この姿こそがラメル様の誠実さなのです。私は今までラメル様の胸の内を察する努力をしてきたでしょうか。こんなことをしでかす前にラメル様に相談すればよかったのです。

「事情はよく分かりました。私のためにラメル様が骨を折ってくださったことも。その、ラ、ラメル様は、本当に私が妻で良いとおっしゃるのですか？」

「貴方を守れなかった愚図ですが貴方の夫でいたいと思っています」

「ラメル様を尊敬しても愚図だなんて思ったことはありません」

「こんな感情になるのは初めてなのです。貴方を失いたくない。これが愛というならそうなのでしょう。フェリ。貴方の優秀なところも、それでいて少し抜けているところも。笑うと可愛いところも私の心を掴んで離してくれない。結婚なんてどうせ契約だと、恋愛結婚推奨の両親の気持ちを顧みたこともない私の考え方を変えたのは貴方です」

「……」

思ってもみなかったことを告げられてまた絶句してしまいます。ラメル様がこんなにも私にしゃべりかけてくれたのは初めてのことです。しかも、聞き間違いでなければ私を愛しく思ってくれているように受け取れます。

「に、兄さんが……あの、兄さんが愛の告白を……」

ステア様がそう呟き、ダールさんともう三人が後ろでウンウン感動した顔で頷いています。

嘘……。

これって、本当に愛の告白なのでしょうか？　信じられなくてもおかしくないのです。だってラメル様の表情は見事なほど動いていないのですから。

「貴方がこのまま、見知らぬ土地で暮らしていく方が幸せなことも分かっています。けれど、私と一緒に歩んでください。フェリ。私を選んでください。今度こそ、貴方を守ります」

湿る服のラメル様に壊れ物を扱うように優しく抱きしめられます。まだラメル様のことが良くわかりません。でもこの温もりは信じられる気がしました。

「フェリ？」

ラメル様の体温に安心して、力が抜けたのかふと目の前が真っ暗になってしまいました。

＊＊＊

「心臓が止まるかと思いました」

目を覚ますとラメル様にそんなことを言われました。どうやら私はラメル様に連れられて無事に別荘へ着いたようです。疲れていたからか丸一日寝てしまっていたようで明るい日差しの入る部屋には所狭しと花が並べられています。――私たちはまだ夫婦でいられているのでしょうか。

「う」

「どうしました？」

「……いえ、きつい匂いを受けつけなくて」

「!!　すぐに部屋の換気を！　そこの花は廊下に移動してください！」

ラメル様の指示で飾られていた花が入ってきた侍女や執事によって次々に外へ出されました。

「申し訳ありません……。せっかくどなたかが贈ってくださったでしょうに」

「いえ……。妊娠中は匂いに敏感になるらしいですから、私の配慮が足りなかったのです」

「……妊娠を知っておられるのですか？」

「ここに運んできてすぐに診察してもらいましたから。その時に。知っていたらあんな危険な真似はさせません。ああ、そんな顔しないでください。……大丈夫です。順調に育っているそうです。フェリ。私との子供です。産んでくださいますよね？」

「……はい」

「泣いているのですか？　まさか……」

本当はラメル様とこの子を祝福することを夢想していました。それが、現実になるなんて。

「違います。う、嬉しいのです。嬉しくて、涙が……す、すみません……」

「フェリ。貴方は私に次々と幸福を運んでくれます」

ラメル様が指で私の涙を拭ってくれました。自然にそのまま、ラメル様に口づけされました。何が起こったのか分からないまま、ただ唇を指でなぞってしまいます。仰ぎ見るラメル様はいつもの無表情。けれど、少し、甘い雰囲気……なのかしら？

「これでもラメルお兄様は大喜びしているんですよ!?　ほら、こんなに花を贈って浮かれていたんですから！　フェリお姉様には逆効果でしたけれど！　驚くといけないので言っておきますが、そのうち、大量のベビー服も届きますよ」

そこでアメリ様も部屋にいるのに気づきました。まさか、侍女も妹もいる前で私に口づけをしたのですか？　ラメル様が？　じっとラメル様を見上げるとまた口づけされそうになって慌てて顔を逸らしました。

「俺に対する牽制だよ。独占したいがために目の前でいちゃいちゃするなんて信じられない。恋ってこわい」

「ス、ステア様!?　あの、どうされたのですか？」

そこでステア様もいることに気づきます。ステア様はラメル様の後ろですまなさそうに私を見ていました。その顔は誰かに殴られたように青あざができていました。

「ああ、これ？　気にするな。このくらいで済んで良かったから。すぐ治る。……兄さんの子を妊娠していたんだな。それなのに申し訳なかった。あんたとお腹の子にもしものことがあったら俺、兄さんに殺されてたよ」

「……そんな、大げさです」

「大げさなもんか！　もうソテラの屋敷から出ていこうなんてしないでくれ。あんな恐ろしい兄さんを二度と見たくない！」

そう言われても首をかしげてしまいます。ラメル様はラメル様ですし。ラメル様を見てもこちらを窺いはしていても別段なんの変化もありません。いつもの無表情……。

「心配だというから顔を見せてやったのですよ。さあ、二人とも出ていきなさい。フェリの体調を見てから本邸に帰ります。本邸の掃除も終わっていますし。貴方たちはもっと新婚の私たちを気遣うべきです」

「ラメルお兄様が惚気るようになった……」

アメリ様がぼそりと言うとラメル様がその言葉に反応した。

「私は表情筋が死んでいるらしいですから。これからはちゃんと言葉にしようと努力しているのです。フェリに捨てられては堪りませんからね」

「ラメル様を捨てるだなんて」

「一度捨てられかけては酷くトラウマになるのですよ」

「そ、そんなつもりは……」

「ずっと私の側にいてくれますよね？」

「ラメル様に必要としてもらえるなら」

「それなら生涯必要とします」

ラメル様の手が私の頬に伸びてくる。顔を上に向かされたところでぶんぶんと首を横に振りました。

私は誰かに見られて口づけできるような神経は持っていません。

「いつまで見ているつもりですか？」

ラメル様が低い声で言うと二人が脱兎のごとく部屋を出ていきました。ドアが閉まるのを確認したラメル様は満足そうにゆっくりと私の唇に唇を重ねました。

＊＊＊

それから、安定期に入ってお腹が前にせり出した頃にセリーナ様が修道院へ入られたと聞きました。

「ステア様とご結婚されるのではなかったのですか？」

あれほど焦がれていたセリーナ様だったのにと素直に疑問をぶつけるとステア様がたじろぎます。

その日もアメリ様とステア様がサンルームで日向ぼっこしていた私のところへ遊びに来てくれていました。

「俺の見る目がなかったんだ……」

急に遠い目になってステア様が言いました。

「ステアお兄様はセリーナの本性を見抜いてなかったのよ。フォード伯爵の口車にも乗せられてるし、ほんと馬鹿!!　見た目は綺麗でもセリーナは性格が悪いどころじゃないの。ラメルお兄様くらいでないと手綱を握れないと、親戚中から押しつけられていたのも気づいていなかったなんて節穴ですよ。本当にラメルお兄様はフェリお姉様と結ばれて幸運でしたわ」

「そ、そうなのですか？」

「「そうですよ!!」」

「ラメル兄さん、姉さんの件で相当俺に怒っていたから、フォード伯爵を徹底的にやっつけてから本気でセリーナを俺の婚約者にしようとしたんだ。親が大変なことになって爵位も危ういというのにセリーナは気にした様子もなく初対面で『浮気は三人までです。私にも恋人が三人おりますからね』って言ったんだ。全然会話がかみ合わない。もう別世界の生物だった。俺セリーナがあんな強烈な性格だなんて知らなかったから裸足で逃げ出したよ！　両親に泣きついてようやく許してもらったけど一時はもうお先真っ暗だった」

「王族の親戚筋の女の子は強烈な娘が多いのですよ。ほら、フローラだってそうだったでしょ？　あいつも馬鹿でどうしようもなかったけど、お姉様をお兄様に与えてくださったのだけは感謝するわ！」

アメリ様がフローラ姫をあいつ呼ばわり……。まあ、相当な性格をしておられましたけどね。

「あーあ。俺もフェリ姉さんみたいな嫁が欲しい」

「調子良すぎですよ。ステアお兄様は女性を見る目を養ってもっと反省するべきだわ」

フローラ姫は北の塔での謹慎が解かれてすぐ、当初の予定だった嫁ぎ先を変更して最南端の国へ嫁いでいったそうです。お金を使うような娯楽もなく無骨な民族である故にあそこなら悪いことはできまいと島流しのような結婚だったということです。

続く兄妹のかけ合いに曖昧に笑いながら私は生まれてくる子のために編み物をしています。性別はまだ分からないので黄色い糸で帽子を編むことにしました。

「若奥様、少し肌寒いので上掛けを持ってまいります」

「お願いします」

献身的に私に仕えてくれる新しい侍女が黄色の糸を揃えてくれました。彼女が遠方に嫁いで出戻っていた私の親友オリビアだったのも多分、偶然ではないと思います。どうやらこちらへ戻る旅費も住まいもラメル様が都合したようですから。とても助かったと彼女にもお礼を言われるとなんとも言えません。が、側に安心できる人がいてくれて気持ちが随分楽になりました。

しばらくしてカツカツと似合わない急いた足音が聞こえてきます。

「また来ていたのですか」

最近ようやくラメル様の機嫌を声で分かるようになってきました。これは不機嫌な時の声です。分かると言ってもほんの少しなのですが。

「ラメル様」

「お兄様こそ、僅かな休憩時間にいそいそといらっしゃらなくてもいいじゃないですか」

「昼食はできるだけ愛妻と取ることに決めたのです。さ、お前たちは退散なさい」

「愛妻」。まったく表情を変えずに言うラメル様は有言実行。時間を工面して可能な日は私と昼食を取るために城から屋敷へと帰ってきてくれるのです。加えて感情が上手く出せないことを言葉でカバーすることにしたと言って歯の浮くような甘い言葉がその無表情な顔から毎日繰り出されます。

――無表情、怖い。でも嬉しく、恥ずかしい。

他にラメル様は実はプレゼントを贈るのが好きだということが分かりました。私の手元に戻ってきた数々のお土産が私に対する愛情だと気づいた時はちょっと悶えてしまいました。事件後に病室に飾られていた花も王妃様の計らいだと思い込んでいましたが、王妃様の温室からお願いしてラメル様が毎日自ら取ってきてくださった花だったそうです。

それを知ってからは贈り物は必ず身につけるようにしています。特にあの朱色の珊瑚の髪飾りはほとんど毎日私の髪を彩ります。――あとは、実は私にピンクを身につけてほしいだとか。髪は下ろした方が好みだとか細かいことも私を悶えさせてしまいます。

ラメル様は無表情だというのにとても可愛らしい愛情表現をするのです。

「フェリ。口づけしていいですか？」

「ですから、人前では嫌です」

そしてちょっとスキンシップが多いのです。私の抗議でラメル様がしっしとお二人をサンルームから追い出します。その奥には私たちの口づけが終わるのを待って入ろうと食事を持って待機する給仕たちが……。毎度のことでいたたまれません。

最近フローラ姫から謝罪の手紙が来ました。嫁いでからは姫様なりに大変な苦労をされていたようでしたがどうやら御夫婦仲は良好なようで憑き物が落ちたように優しい文面が綴られていました。

——フェリには本当に申し訳ないことをしました。私は貴方に人としての尊厳を失わせてしまったのです。母にはラメルと夫婦として上手くやっていると聞きましたが、ラメルがどのような人物であるかは幼馴染の私には分かっております。自分にも他人にも厳しい人ですからフェリが息が詰まることもあるでしょう。もしもそんなことになったら私のことを思い出してください。その時は貴方の力になりたいと思います。私の力の限り貴方を匿います。

あの姫様が人の心配をされるほどに成長されるとは驚きでした。それが一番嬉しいお手紙です。
姫様はいつも無理難題を私に言いつけますね。
確かにラメル様はご自分に厳しい方ですが、私には随分甘い方です。
極甘です。

ですから、

姫様、無理です。

私はもう二度とラメル様の元から離れることはないのです。

ラメルの幸運　～ラメル ver～

「はい。お受けしました」


二人きりになった執務室でそう言うと宰相である父は酷く苦い顔をした。私もいい歳だ。結婚相手に夢など見ていないしセリーナの扱いに親戚一同困っていたのも事実。私のところへ嫁がせて再教育するしかないだろう。幸いセリーナは私の容姿を気に入っていた。

「ラメル、お前には心安らぐ人と一緒になってほしいと思っていたんだよ」

「父さんが私のことを考えてくれているのは分かっています。大丈夫です。政略でも立派な結婚です。不幸になるつもりはありませんから」

そうは言ったものの、正直セリーナの扱いには苦労するに違いない。頭の痛い話だ。

彼女は王都の役者グループに熱を上げて大散財してしまった。それはあのフォード伯爵家の資産の四分の一に手が届きそうなくらいだったと聞いた。十七歳でやり手の父親を出し抜いたのだから末恐ろしい。セリーナの父は将来を不安に思って私にセリーナを押しつけたのだ。まあ、この結婚にメリットがないわけでもない。セリーナの父親であるフォード伯爵は商才があり、かなりの資産家である。だから恩も売れる。娘のことさえなければ経済界の大事な人材だ。

　書類を捲りながら父から視線を外したのは父の思いに応えられない自分の不甲斐なさかもしれない。両親は貴族の中では珍しい恋愛結婚。昔から私にも好いた人と一緒になってほしいと願ってくれていた。しかし、こんなに忙しくては出会いなどない。パーティに顔を出すほど暇でもない。何より女性を口説く時間がもったいない。

「あれ、この申請書、おかしくないですか？」

「ああ、それか」

　ソテラ家は王族と縁が深い。よって親戚筋も王家と関わりが深い者ばかり。なぜか王家の親戚筋には強烈な性格をした者が時々生まれ、男ならかろうじて「豪傑」「豪胆」ですまされるがそれが女となれば「熾烈」と言われることも多く、セリーナもこの毎回注意しても何も響いていないと思われるフローラもその筆頭に当たる。

　昔は開拓者としてそれがカリスマであったのだろうが平和な今では厄介者なだけである。

「先月は王がなんとかしてくれと頭を下げるので通しましたが、どうしてまたフローラのドレスが注文されているんですか？　社交シーズンでもないのに着ていくところもないでしょうに」

「大方また泣きつかれでもしたんだろう」

「娘に甘すぎる！」

クシャリと申請書を握って立ち上がる。毎回許していたらフローラの衣装代で国の財政が傾いてしまう。

「ラメル、どこへ行くんだ？」

「王妃様のところです」

＊＊＊

「キャンセルしていいわよ。フローラもだけど、それを許す王にも困ったものだわ。確かに可愛くて仕方ないけれど、こんなに我がままになってしまったのは私たちのせいだわ。ごめんなさいね、ラメル」

「いえ、ご理解いただけるなら力強いです」

「フローラの侍女がとうとう三十人目になったの。今度は私の秘蔵っ子を譲ったからそれでだめならもう後がないわ」

王妃が疲れた顔でそう愚痴を言う。あの悪意のある悪戯好きは気に入らない侍女を次々と辞めさせてしまう。毎回次の奉公先を紹介して尻拭いしているのは王妃だった。

「秘蔵っ子ですか。優秀なのですか？」

「ええ。男爵家から来たお嬢さんなのだけどね。勉強家で一言えば大抵十くらいは察する子だわ。侍女長が気に入って育ててるわよ」

「あの厳しい侍女長に認められているのですか。そんな人材なら私の部下に欲しいですね」

「貴方のところの部下は皆優秀でしょう？　それに、貴方は部下じゃなくて伴侶の方が必要でしょうに。それより——本当にセリーナをお嫁さんにする気なの？　ソテラ家が傾くわよ？」

「傾かないように頑張ります」

「貴方も損な役回りね。セリーナが貴方に嫁げなければ死ぬって自傷行為をしてフォード伯爵は焦っていたけれどあんなの茶番ですからね？　——本当に嫌になったら私に言ってちょうだい。力になるわ」

その時、王妃の優しい言葉に頷いた。

それが数日後に本当に力になって貰うことになるとは知らずに。

数日後。

私は浅はかなフローラの悪戯で王妃の秘蔵っ子の侍女とやむを得ず関係を持ってしまうこととなる。

盛大に愛を叫びながら。彼女と結合しながら。

その日、私はフェリという名の天使と抱合した。

ボンヤリする頭に強烈な刺激。
ゆらゆらと私を求めて嬌声を上げる黒髪の天使。
触れるところは甘く、どこもかしこも柔らかい。

——ああ愛おしい。どうして今まで私たちは一つでなかったのだろう。

赤く艶めかしい舌が私の舌を口内で追いかける。
脳天がしびれる快楽。
私を包み込み逃がさぬよう蠢くそこに腰が止まらない。
中に放つその突き抜ける快感。
世界にこんなにも温かく、気持ちのいいものがあったとは……。
愛し、愛し合う幸福。
満たされる心。
——
——
そんな二人の世界が外からの風とともに強引に終わりを告げる。

「ラメル宰相補佐殿!!」

無粋な声が私とフェリの愛の行為を非難するように響く。

キャー!!

キャー!!

叫び声とともに開け放たれたドアから人が入ってくる。

「やめろ！　フェリを愛しているんだ！」

「ラメル！　ラメル！」

震えるフェリを抱き込む。私たちを離せないと思ったのか、白い大きなシーツが私たちにかけられた。

フェリが泣いている。私はフェリの涙を拭って抱きしめることしかできなかった。

＊＊＊

意識がはっきりと戻ってくると、もう、何がなんだか分からない。

とりあえずフェリから離された。正直、男の私はいい。いや、良くはないが少なくとも女性が好奇の目に曝されながら性行為を見られるというのは相当なショックだろう。

フローラの最悪な悪戯で私とフローラの侍女「フェリ」は強制的に関係を持った。しかも彼女は初めてだったのだ。それを私と繋がったままの格好で複数の人に目撃された。マシだったと言えば服を着ていたことと対面で抱き合っていたためにフェリの体が大方私で隠れていたことくらいだがそれでも服の下で二人が繋がっていたのは隠しようもなかったのだからいたたまれない。

フローラが入手した惚れ薬は所謂「強烈な媚薬」であり、あそこまで理性を飛ばすとなれば毒薬のようなものだ。中毒性がなかったのがせめてもの救い。

獣のように繋がって脳天を突き抜ける快感に支配された。最中は彼女も私を激しく求めてくれたが果たしてただただ気持ち良かっただけの私と我に返って体が傷ついた彼女とでは同じ被害者と言えるのだろうか。

どうしてなんの疑いもなくあの場所に行ってしまったのか悔やんでも悔やみきれない。

薬の入手ルートを突き止め、すぐに使用を禁止にした。同じ女性として最低なことをしでかしたのだからさすがに許しはしないと王妃がカンカンになってフローラを叱り、「甘いことを言ったら離婚してやる」と王をドスの利いた声で脅した。沙汰が出るまでフローラは北の塔で謹慎することになった。

「フェリは私の温室の花を気に入っていたわ」

私の前でだけは何度も涙を流した王妃は鼻をすすりながら言った。

少しでも彼女の気が紛れればと私は毎日王妃の温室に許可を得て花を貰（もら）いに行った。サニーという庭師の孫をフェリが可愛がっていたようでサニーが張り切ってフェリの好きな花を見繕ってくれた。

診察の結果、彼女の大切な場所は裂傷ができており、男性医師に怯（おび）える様子もあったらしい。

かわいそうに。

初めてだった彼女を本能の赴くまま激しく抱いて傷つけてしまったのは私だ。彼女からしたら強姦のようなものかもしれない。何度も病室の前まで行っては引き返す。傷が癒えるまでは会わない方が良いだろうと彼女が眠ってからその病室を訪れた。

フェリは毎日の小さな花の贈り物にもきちんとお礼のカードを寄こしてくれていた。好ましい丁寧で綺麗（きれい）な文字。言葉は少ないが誠実さを感じた。

部屋には眠るフェリの小さな息遣いしか聞こえない。惹（ひ）かれるように私はその唇に指で触れた。

この柔らかい唇を何度も貪りつくした。

柔らかく、白い乳房の先には薄桃色の突起があって、夢中になって指で、舌でと可愛がった。

彼女の秘めたる場所を性急に暴いて己を潜り込ませた快感は脳天が蕩（とろ）けるようで。そこはキュウキュウと私の子種を欲しがりながら収縮して私を離すまいと蠢いていた。

何度も。

何度も。

愛を叫びながら突き上げた。


「フェリ」


思い出すと下肢が熱くなってくる。獣のような繋がり。けれどもあんなに情熱的に誰かと体を重ねたことはない。

小さく声をかけても彼女は起きない。それを良いことに私はそっと触れるだけの口づけを落とした。

それは体中の血が滾るような不思議な感覚。

惚れ薬はまだ効いているのだろうか。


——この人は私のものだと本能が訴えかけているようだった。

＊＊＊

「フェリと結婚します」

「責任を取るということ？　それとも単純に欲しいということかしら？」

「どちらも正解です。多分、惚れたのだと思います」

欲しい、と思うとすぐに行動した。『ソテラ家の男はこうと決めたら即行動』とは父の言葉だ。王妃を味方につけ、セリーナとの婚約をなるべく穏便に解消する必要があった。

「妊娠さえしていなければ誰も事情を知らないところへ行かせてあげる方がいいと思っていたのだけど。貴方がそう言うのならそれでもいいわ。言っておくけれどフェリを悪意から守ってもらわないとこの国には置いておけないわよ？　残念なことに彼女は男爵令嬢でも平民に近いポジション。貴方の妻となったら彼女は悪意を持った輩（やから）の格好の獲物でしょうね」

「もちろん根回しするつもりです。王妃様から勧めてもらえますか？　私が言い出すとセリーナが何をしでかすか分かりません」

「任せて。それでフェリに何かするようなことがあればフェリに申し訳ないわ。かといって貴方と婚約まで漕（こ）ぎつけたのだからセリーナはフェリを敵視するでしょうね」

「その辺の策は考えています。彼女が追っかけていた役者グループの三人組が旅から帰ってきているようです。フォード伯爵もそろそろ目覚めさせた方が良いでしょう。この際娘を再教育していただきます」

「なるほど。なんとも行動の早いこと。ラメルを敵にしたくないわ」

「では、フェリと結婚できるようにご協力お願いします」

「初恋なのかしら……」

「え？」

「いえ、なんでもないわ。任せておいて」

王妃の目が悪戯っ子のように細められるのを見て少しだけフローラを思い出す。散々迷惑をかけられてきたが今回のことでお釣りがくるのかもしれない。ふと、そんなふうに思えた。

フェリと結婚すると触れ回り、私の婚約者になるのだと公表する。事件を面白おかしく語る連中には制裁を加えた。

粗方のことはやり終えてからフェリを迎えに行く。これでフェリを表立って嘲笑する者はいないだろうがしばらくはソテラの屋敷から外へ出ない方が良いだろう。否、出すつもりもない。フェリを性的な目で見られるのは我慢できない。

セリーナの方も例の追っかけをしていた役者たちに一役買ってもらったので王妃からの婚約解消要請にすんなり応じたという。今は三人の恋人にちやほやされて喜んでいる。これから少しの間セリーナには彼らに貢いでもらうので王妃の渡す慰謝料が大いに役に立つことだろう。今回こそはセリーナの父にきっちりお灸を据えてもらわなければ。

あれこれ処理に手間取ってしまって起きているフェリに会うのに十日ほど経ってしまっていた。

正直に言うと嫌われたらと思うと怖かったのだ。

「貴方には取り返しのつかないことをしました」

病室からソテラ家に案内するために彼女を迎えに行った。緊張しながら謝罪する私にフェリは少し頬を赤くして下を向く。

怒ってない。やはり天使だ。

つむじが可愛い。つむじが可愛いってあるのか。

私を意識してくれていると嬉しい。眠っている彼女も可愛いと思ったがやはり動いている方がいい。けれども明らかに私を見て動揺している。

「いえ、私の方こそソテラ宰相補佐様に思いがけない災いを招いてしまいました。それに、私の実家への連絡や結構なお品をいただきました。ありがとうございます」

災いなど招かれていない。むしろセリーナと結婚できると思っていた自分が信じられない。フェリとしたことをセリーナとするなんて今となっては到底無理だ。突っ込むだけだと妥協していた私は馬鹿である。

「貴方から災いを招かれた覚えはないです」

すまなさそうな顔をするフェリだが結婚自体は受け入れてくれているようだ。王妃に頼んで良かった。むしろ貴方は私の幸運である。けれど貴方にとっての私は疫病神かもしれない。念のため断れないようにフェリの実家に先手を打ってある。

フェリのために用意した部屋に彼女を案内すると、そわそわとしながらも目をキラキラとさせていた。

彼女の実家にお邪魔させてもらった時に少しだけ彼女の部屋を見せてもらったのでまったく趣味が合わないことはないと思う。気に入ってくれたと信じたい。部屋の奥には私の部屋に繋がる扉があるが、彼女が落ち着いてから使うと決めていた。

頬についた髪を払う私の指にびくりと彼女が反応する。

途端、私のフワフワしていた思考が沈んだ。ああ、怖かったのだ。

「私が怖いですか？　フェリ」

「――い、いいえ」

聞いてみても健気（けなげ）な彼女はそんな答えしかできないみたいだった。

＊＊＊

「女性の心を掴（つか）むにはどうしたらいいのですかね？」

「……お前の口からそんな言葉が出るとは思わなかった。すげぇなお前の婚約者」

なんとかフェリと打ち解けられないかと考えても恋愛事情に疎い私にいい案が出るわけがない。ここは経験者に教えを乞うことにした。

同い年の王太子は現在男子を一人儲け、妻のミシェル妃はただいま妊娠中である。夫婦仲も悪いとは聞かないし、この男は学生時代に人生を謳歌すると言ってとっかえひっかえ女性とお付き合いをしていた。もちろん揉め事の仲裁や後始末に一緒に回ったのは私だ。

告白はたくさんもらっていたのにアレのお陰で私は恋人の一人もできなかったのではないだろうか。結果嗜み程度にしか女性と触れ合ったこともない。ほとんど初めてでフェリに挑んだから彼女を大いに傷つけてしまったのではないのか。

ムカムカしてきた……今、この男に役に立ってもらわず、いつ役に立ってもらうというのだ。

「掴むもクソも結婚するんだろ？　餌なんてやらなくてもいいだろ」

「今の言葉ミシェル妃にお伝えしますね」

「うわ！　なんてこと言うんだ！　この悪魔!!　いいか、ミシェルには絶対に言うな。っていうか俺はミシェルには愛情あげまくりだ！」

「大体貴方の妹が起こした不祥事ですからね。フェリが受けた辱めは人間不信を起こすレベルです。夫になるからと言って私にすぐ心を許すことはないでしょう」

「その件に関しては本当に申し訳ないと思ってる。今回ばかりは父もフローラを助けはしないだろう。でもお前にとっちゃあいいことばっかじゃないか。気持ちいいことして童貞捨てて好みの女と結婚できるんだから！　――まあセリーナと結婚しようと思っていたお前が俺には信じられないけどな」

「で、質問に答えるつもりはおありで？」

「う。そうだなぁ。お前は美男子だけど表情なくて怖いからな……。にっこり笑えばお前のフェリも一発で好きになってくれると思うけど」

なるほど。口角を上げればいいのか。

「おいぃぃい!! ヤメロ! それでは魔王だ!! 悪魔だ!! 逆効果だ!! 笑うのはなし!」

「……ダメですか」

「長年付き合ってる俺でも背筋が寒い。もう、それがだめならプレゼントだな。大抵の女は喜ぶ」

「花は贈っているのですが」

「花は枯れるだろ? なんか、手元に残るものが良いんじゃないか?」

「なるほど」

良いことを聞いた。私はさっそくフェリにプレゼントを贈ることにした。

フェリに似合うのは、と彼女を思い浮かべてまず手始めにドレスを贈ることにした。両親に紹介するのだからちょうどいい。妹のアメリに相談して流行のドレスを選んでもらった。

「お兄様、色はどうします?」

「ピンクで。リボンももう少し増やせますか?」

「……ラメルお兄様ってロマンチストだったのかしら」

即答するとアメリにそんなふうに言われる。確かにフェリのことを考えると頭の中がピンク色なのかもしれない。

彼女のあの綺麗な黒髪が好ましい。少しきつい印象の鳶色の目を縁取る長い睫毛が伏し目がちになる時——はあ、なんとも艶めかしい。

「その、フェリ様のお世話をする人は決まったのですか？　先日お茶会に顔を出しましたがやはり面白おかしく噂されています。慎重に選ばれた方が良いかもしれません」

「とりあえずはナサリーに頼むことにしました。彼女は昔からよく仕えてくれてソテラ家の事情に詳しいですから。フェリもこの間まで同僚だった人に何か頼んだりはしにくいでしょう。城と近いだけあって我が家の使用人は城の使用人と横の繋がりが濃いですからね。しかもフェリは侍女長が目をかけて育成していたので次の侍女長になるのではないかと侍女の間では割と有名人です。母がつてを使ってフェリに危害を加えない使用人を探してくれています」

いくら口止めしたと言っても女性の噂話を止められる魔法はない。今、フェリと私の話は彼女たちの格好のネタだろう。私が城を歩いただけでも好奇な視線がぶつけられてしまう。時間が解決してくれると言ってもフェリには最低限度の人間以外は近づけない方がいいだろう。

ナサリーは二つ返事で快諾してくれた。少し私に理想を抱きすぎている感はある彼女だがその方がフェリを大切にしてくれると思っていた。まさかナサリーが率先してフェリを虐めるとはこの時つゆほども思わなかったのだ。

＊＊＊

私が選んだドレスを着たフェリはとても可愛らしかった。いつもまとめてある髪が下ろされていると柔らかい印象だ。こちらの方がいい。その艶やかな黒髪を見て祖母から譲り受けた髪留めを思い出していた。

祖母は『ラメルのお嫁さんにあげなさい』と言って朱色のバラの髪飾りをくれた。兄妹（きょうだい）三人に一つずつ配られた祖母の里帰りのお土産のようなものだが確か祖母の祖国の技術で作られた細工がしてあった。フェリの黒髪に似合いそうだと思ってポケットに忍ばせたのだが、可愛いフェリを目の前に出しそびれてしまった。

どうしよう。近くにいると良い匂いまでする。

差し出せば遠慮がちに腕を組んでくれたフェリが恥ずかしそうに下を向いた。

抱きしめてもいいだろうか。

そんな浮かれた気分で家族に紹介をしたのだがステアがとんでもない発言をした。

「とんだ貧乏くじだな」

一瞬、誰のことを言っているのか分からなかった。単純だが弟は人をむやみに傷つけたりしない。

そんな貧乏くじを引いたのはこの場合私に嫁にされたフェリである。しかし、この馬鹿はセリーナを引き合いに出してきたのだ。

「だって、兄さん！　セリーナは美人で爵位だって申し分なかっただろ！　いくら兄さんに負い目があってのことだとしてもこんな貧乏男爵の年増が兄さんの結婚相手だなんて」

ステアの言葉にステア以外の家族はポカンとなった。父など顎が外れそうだ。即座にステアを怒鳴る。弟はここまでアホだったのだろうか。

いや、確実にアホだった。思わずアメリを見たらアメリも想像していなかったらしくぶんぶんと首を横に振っていた。

父からも一喝されて不貞腐れたステアが出ていく。母が謝ってくれたのをフェリは『大丈夫』と返す。怒ってもいいのに健気すぎる。かわいそうなくらいに小さくなっているフェリが愛おしい。

ステア、あいつ、許さん。どうしてくれようかと思ったが両親に「ステアは私たちが説教するからお前はフェリさんをフォローしなさい」と言われたのでぐっと我慢して食堂を後にした。

ここはなんとかフェリの誤解を解かなくては。そう思っても私の口からは気の利いた言葉は何一つ出ない。ふとポケットに入れていた髪留めのことを思い出した。

「これを」

強引にそれを渡す時にフェリの手に触れた。やわらかくて小さな手。この手が私にしがみついて愛を強請ってくれたのだと思うと胸がドキドキした。

「あ、ありがとうございます」

そんなことを思い出して下半身を熱くして恥ずかしくなった。私はなんて厭らしい奴なんだ！

いてもたってもいられなくなってフェリの嬉しそうな顔を確認すると私はその場から逃げるように立ち去ってしまった。

＊＊＊

ようやくいろいろなことが整ってフェリとの結婚式に辿り着くことができた。小さな規模になってしまったが主要人物は揃っているので問題はない。

大々的にして好奇な目にフェリを曝したくはないし恐縮しきったエモナル男爵夫妻にも肩身の狭い思いをしてほしくない。何より、本当に祝ってくれる者だけでいいと思った。

迎えに行った控室にいたフェリは美しかった。もはやこの世の生き物ではない。忘れてしまいそうになる呼吸をすることに忙しくて褒め言葉すら出ない。

指輪の交換は毎夜独りで自分の指輪を填めては外しを繰り返して満足していたのが仇となり、間違ってフェリに私の大きいサイズの指輪を填めようとしてしまった。アメリには目敏くバレて後で笑われてしまった。

ああ。私は幸せ者だ。

フェリには申し訳ないが幸せ者だ。

フェリが私の妻になるのは簡単なことではない。平民スレスレ上なだけのエモナル男爵令嬢の身分では私と結婚して上流階級に仲間入りするというのは他の貴族たちには納得いかないことらしい。アメリには届いていた社交界の誘いもなく、フェリの名は招待状に載らなかった。そちらは母が「どうしてやろうか……フフフ」と暗躍しているので任せている。

フェリの頭の良さは侍女長のお墨付きだが、彼女は中等部までしか出ていない。高等部のある学園は裕福でないと通えないからだ。長男以外にはお金をかけられないという理由で高等部に通わせない家も珍しくはない。なのに馬鹿らしい。金にものを言わせて卒業証書を得ている者も多いと聞くのに次期宰相の妻が学歴もないのかとなんでも重箱の隅をつつくように文句をつけてくる。気に入らないのは私なのにフェリを攻撃しようとする嫌な奴らだ。

事件のことやソテラ家に馴染(なじ)むだけでもいっぱいいっぱいなフェリにこれ以上心労はかけたくない。いつまでもというわけにはいかないが少なくともフェリが落ち着くまで外からの煩わしさからはソテラ家で守るつもりだ。

学歴については公爵家の勉強と称して家庭教師をつけ、こっそり試験も屋敷で受けさせた。やはりフェリは優秀で、高等部の卒業レベルは軽く超えていた。渡すことはないかもしれないが合格証書も書いてもらっている。

最後までややこしかったのはセリーナ本人ではなく、その父のフォード伯爵だった。よほど私を娘の婿にしたかったのか未だに『そこをなんとか！』とうるさい。娘なのだから自分で再教育してほしいと切に思う。できないのならさっさと修道院に入れるべきだ。あんなに商才がある男が情けないとしか言いようがない。

すでにセリーナは私が想像した通りに役者グループに入れあげて幾らか貢ぎ込んでいた。今フォード伯爵がセリーナをちゃんと止めることができればまだ間に合うだろう。

＊＊＊

「ジョシア。私は新婚なのですが」

ジッと王太子を見ても睨まれただけだった。

「仕方ないだろ⁉　お前の休暇は本来春からの予定だったんだ。今仕事が立て込んでるのはそのせいじゃないか。結婚式はさせてやっただろ！　俺は呼ばれなかったけどな！　来春には休みをやるから我慢しろ」

「ジョシアを呼んだら大事でしょうが。落ち着いたら紹介しますよ」

王太子に恨み言を言っても仕事が減るわけではない。スケジュールが詰まっているのは知っている。けれどもせっかくフェリと夫婦になったのに仲良くなる時間がないのだ。

「いいか、この大量の仕事を押しつけて勝手に帰るなよ⁉　お前が予定を組んだんだからな」

王太子が念を押す。しかし、私だって怖がらせてはいけないと苦渋の思いで初夜も我慢したのだ。すれ違う生活の中でやっと垣間見たフェリは地味な格好していてまるで未亡人のようだった。――これはすでに不味いのではないか？　暗に抗議されているようで胸が痛い。まさか嫌われているのではないだろうか。

格差婚、しかも私のような朴念仁の夫を押しつけられたのだから無理もないと言えば身も蓋もない――だが悲しい。どうにか挽回をしたいのに予定が詰め込まれていて時間がない。王太子が言うように本来春に結婚の予定だったのでそのために前倒しの日程になっているのだ。

「明日からの視察は隣国だ。向こうの特産品でも毎日贈ればお前の嫁だって嬉しいだろ。無表情のお前と毎日顔を合わすより、一週間毎日贈り物を貰ってからお前と会う方がワンクッションあっていいんじゃないか？」

「そんなものですか？」

「毎日届く贈り物。それを見たら毎日お前のことを考えるだろうなぁお前の嫁は。帰る頃には嬉しさと寂しさにうっかり愛情が芽生えているかもしれんぞ？」

「……」

王太子の口車に乗せられた気もするがここはあえて乗る。乗ってフェリの愛が得られるならお安い御用である。隣国視察中、フェリに贈る土産ばかり気にする私に王太子が『失敗した。くそっ』と毒づいていたが私も必死なのだ。

隣国の視察もようやく終わり、さあ、帰るという時になって、ふと本当に王太子の口車に乗って上手くいくのだろうかと不安になってきた。ミシェル妃とは普通に政略結婚だし、恋多きとはいえ今まで恋愛は失敗続きだったではないかと気づいたのだ。

「だんだんと不安になってきました。ジョシアは恋多き男でしたが、尻拭いは私だったことを思い出しました」

「ぶほっ。お前！　失礼にもほどがあるぞ！」

「フェリにこれ以上嫌われたらどうしよう……屋敷に帰るのが怖い」

「……お前、本気か!?　嫁に嫌われるのが怖いって本気か!?　冷笑一つで問題事捌いてきたお前がどーでもいい女と結婚しようとしてたお前が!?」

「自分でも不思議です」

「くはあぁ!!　こんな時は酒だ!!　飲みに行くぞ!!　付き合ってやるから思う存分胸の内を吐くがいい!!　今夜は肩書のないラメルとジョシアだ！」

王太子――ジョシアが良い店があると言ってそこから酒を飲むことになった。学生時代に戻ったような気分で結局べろべろに酔った頃にはジョシアの嫁ミシェルの愚痴を一方的に聞く羽目になった。ジョシアにもいろいろとあるらしい。私の相談を聞くのではなかったのだろうか。

「いいか、帰ったら寝室へ行け！　こういうことは勢いも大事だ。ちゃんと話し合うんだぞ！　あわよくば抱いてこい！」

別れ際ジョシアに背中を叩かれる。

フワフワとした気になって普段だったら絶対にしないだろう行動に出た。

私は深夜に屋敷に戻ると素早く体の埃を洗い流しフェリの部屋へと繋がる扉を開けたのだった。

部屋の明かりが見えたのをいいことにコツコツとドアをノックして開けた。そこには一週間焦がれた私の天使であり、新妻のフェリが立っていた。

「お、お帰りなさいませ。ラメル様」

驚いた顔をしたフェリ。就寝前なのかその髪はまとめられておらず背中に流したままだった。私の気に入りの黒髪。初日に贈った品もこの黒髪につける香油だ。

「贈り物は気に入りませんでしたか？」

苦手な匂いだったのだろうか。香油をつけた様子はなかった。確かめるように触れると少しかさついている。するとフェリは思ってもいない答えを返した。

「え、となんのお話でしょう？」

「……」

フェリの部屋をさっと見渡す。テーブルの上、机の上。隣国の珍しい花の図鑑、オルゴール。凝った鳥の細工のガラス瓶に入った飴。花の模様のついた万華鏡……。どれ一つこの部屋にあるとは思えなかった。

「髪留めのことでしょうか？　ラメル様から頂いた大切なものなので大事にしまっているのです」

髪に触れたことでフェリが思い当たったようにそう言った。そう言えば髪留めは一度もつけたところを見たことがなかった。

「まあ、それもですが」

どういうことだと考えているとフェリが私の前から離れる動きをしたので思わず腕を取った。振り払われなかったことに内心ほっとする。

「他にも視察先から貴方に贈ったものがありますよね？　小さな贈り物にも丁寧にお礼を返す貴方のことだから出先に礼状くらいは届きそうなものだと思っていたのですが」

「え？」

正直、お礼に手紙が届くかと思って心待ちにしていたがフェリからは音信はなかった。ジョシアに

『一週間後に帰ってくるのにいちいち手紙を送れるか！　お前、そんなにウジウジしたヤツだった

か⁉』と言われてそんなものかと思っていたが、もしかして……。

「すみません。覚えがなくて。それは食べ物か何かでしょうか？　もしかして説明を受けていたのに食べてしまって気づかなかったのかもしれません」

じっとフェリを観察してみる。なんだか少しやつれたように見えないこともない。申し訳なさそうに私を見るフェリ。

はあ。上目遣い……そんな顔も可愛い。

食べていいだろうか。

食べさせてくれないだろうか。

……しかし。

調べるのが先だが何かあったと考えていいだろう。私の贈り物はフェリには届いていないようだ。なんらかのトラブルで輸送に時間がかかっているならいいが……。

フェリの瞳が不安で揺れている。せっかく選んだ贈り物は何一つフェリには届いていないようだしプレゼント作戦は失敗だと思っていいだろう。

何か他に策はないかと頭を巡らせているとジョシアに勧められたがちょっと下心満載すぎると思って手元に残したナイトドレスのことが頭に浮かんだ。せめてあれをフェリに贈ろうと急いで取りに行った。

「これを」

箱を差し出すとどうしていいか分からないといったふうにフェリがその箱をじっと見ていた。じれったくなって強引に渡す。

「――私を。留守番の新婚の妻に土産も買ってこない能無しの夫にしないでください。とはいってもこれは本当は渡すつもりはなかったのです。その、王太子にお前も買えと言われてつい」

いろいろと貴方の痴態を想像しながら購入してしまった品である。

「お気遣い嬉しいです。開けてもいいでしょうか？」

「ああ、待って……いや、その……」

あれ、これ、夜中に寝室に押しかけて渡すって強引に迫っているみたいなものではないか？

「視察先の特産品です。是非奥様にと言われて断れなかっただけです。――他意はありません」

何が他意はないだ。下心バレバレな私の目の前には可愛い妻がいる。内心アワアワと狼狽えている

とフェリから爆弾発言が落ちる。

「ラメル様……先日、月のものが来たのです」

「ええ。侍女から報告を受けました。残念でしたね」

「え？　それは……」

事件での交わりでは子は出来なかった。何事もいきなりでは大変だったかもしれないのでこれで良

かったとも思うが残念でもある。

もしかして、フェリも私との子供を望んでくれているのだろうか。そんな、都合よく考えていいのか？　期待してフェリを窺うとこんな言葉が。

「わ、私はいつでも受け入れます。ですから、ご安心ください」

瞬間、

頭の中に響くは鐘の音。リンゴンリンゴンと響き渡る。

いつでも受け入れる!?

私を!?

え。それって、ここに来た甲斐があるってこと!?

我慢しなくて良かったってこと!?

「──そう言ってもらえて安心しました。では、そのナイトドレス、着てもらえるんですね」

酒が回っている自覚はある。でも興奮するのは無理もないだろう!?

可愛い新妻からお許しが出たのだ！

ようやく！　やっと！　この日が!!

「貴方のことだ、また大事だと言って着てもらえないのは寂しいです。今、着てほしいのですが、どうですか？　もちろん着替える間は席を外します」

フェリの気持ちが変わらないうちにとナイトドレスを着るように告げる。よこしまな気持ちで選んだフェリに似合うに違いないピンクのデザイン。

あれを、ついに、今夜！　脱がすことができるなんて!!

淑女の着替えを覗いてはならないと一度ドアの向こうに駆け込む。ドアに耳をつけると衣擦れの音が聞こえる。フェリが向こうで身につけているのだと思うと大興奮である。しばらくして静かになったので平静を装いながら急いでまたドアを開ける。ちょっと急ぎすぎたか。

「着てくださいましたね」

フェリは後ろを向いていて私の声で振り返った。肩甲骨から腰に流れる体のラインがなんとも悩ましい。振り返ったフェリは手をもう片方の腕にかけてやや下を向いて照れているようだった。

「私のことが怖いですか？」

ごくりと喉を鳴らしてフェリの肩にかかる髪を後ろに流すと無防備で綺麗な肩が私を誘う。ピクリと反応したのを見て少し様子を窺うとフェリは首を横に振った。その姿が健気で、可愛くてフェリの唇に吸いつく。舌で誘うとフェリは口を薄く開けて私を受け入れてくれた。

「酔っておられるのですか？」

甘い口内を堪能するとフェリが言う。

「そうですね。今夜は特に――」

貴方に酔って溺れてしまいそうだ。

「優しくしてください」

小さな声でおねだりされた時には理性が焼き切れそうだった。

優しく。

できるだけ優しく。

口づけを落としながらナイトドレスを取り去り、フェリの柔らかな体を堪能する。恥ずかしげにこちらを見るフェリが愛しい。包み込むように乳房を手で覆い、その桃色の先端を丁寧に口で愛撫する。

甘いフェリの吐息が私を興奮させる。

「は。んんっ」

フェリの体が興奮で色づく。小さな変化を見ながら交わるのは幸せだ。これが私とフェリとの初めての抱合だと記憶を上書きしたい。あの時だって狂おしく、愛おしかった。けれど薬のせいだ。今、私とフェリは自分たちの意志で抱合しているのだ。

ゆるゆるとフェリの奥深いところに指を這わせると体がピクリと反応する。怖がらせないよう、ゆっくりと、優しく。時間をかけているとそこはぬるぬると指を受け入れ始める。大きく足を開いてフェリの秘めた場所を暴くと恥ずかしいのかフェリが両手で顔を隠してしまう。

「優しくします。フェリ。私を感じてください」

声をかけてフェリの敏感な芽に舌を這わすと切ない声とともに太ももが震えた。

「そんな、ダメ……ですぅ……」

フェリの愛液が奥から溢れてくる。感じてくれているなら嬉しい。ここが一番綺麗なピンクなのだな、と指を探り入れながら張り詰めた己の分身の限界を感じる。

「受け入れてくれますか？」

耳元で囁くと小さくフェリが頷いてくれる。理性を総動員してゆっくりとそこに潜り込んでいく。

ギュッと締めつけるフェリの内部が私の中心を包む。怖いくらいの快感に流されてしまいそうだ。

「あぅ」

完全に一つになるとフェリが少し体を反らしたので腰をぐっと引き寄せて最奥をゆるゆると突く。体に合わせて乳房もふわふわと揺れる。思わずむしゃぶりついてしまう。

「フェリ、名前を呼んでください」

「ああ、ラメル様……」

私の名を呼ぶフェリの口からチロリと舌が見えるのに煽られる。気が急くのを抑えて腰を揺らす。フェリに受け入れてもらえたことがこんなに嬉しいとは思わなかった。

「フェリ……」

ああ、綺麗だ。

フェリ、私のものだ。

ハクハクと息の上がるフェリが私にすがりついてくる。こんなふうに私を頼ってくれたらいい。

フェリ、私を必要として。

ああ、このまま一つになってしまえればいいのに。

＊＊＊

幸福な時を過ごして二人して眠っているとガンガンと明け方に私の部屋のドアが叩かれた。

フェリに後ろ髪を引かれながらさっと服を羽織って部屋に戻る。フェリの部屋と通じるドアにはしっかりと鍵をかけた。

「どうしました?」

ドアの隙間から覗くと部下が焦った顔でそこに突っ立っている。

「すみません、帰ってこられたばかりなのに。例の件動きがありました」

王領である土地に少し前から無許可で立ち入っている輩がいると報告を受けていたのでそのことだろう。

「すぐ行きます」

こんな時もゆっくりできないとは情けない。

今度はきっちりと服を着替えて部屋を出る。廊下を急ぐ私の足は地面から少し浮いていたのかもしれない。そのくらいの気分の良さで部下の背中を追った。

ふふふ。私はもう昨日の私ではない。

何せフェリに受け入れられたのだから！

本当の夫婦になったのだから！

急ぎ、仕事に戻り、浮かれた私は何も気づいていなかった。

フェリが目覚めて私のいないベッドで一人泣いていたことを。

事後の始末も惨めにフェリにさせていたことも。

＊＊＊

殺伐とした仕事の合間に上がってきたソテラ家内の報告書を見た。普段学校があるアメリに時折フェリの様子を見てもらっていたのだがこの間お茶に誘ったら元気がなかったと聞いていた。

夫婦として受け入れてもらっているし複数に増えたナイトドレスも着てもらえている。けれどもフェリは少し悲しげだった。

『私と会えない寂しさ？』と勝手に思っていた自分が痛い奴だと感じる。

発端は私が贈ったものが屋敷にないということだ。しかし証拠もないのに今まで信頼してきた使用人を疑うことはできない。しっぽを掴むために配達の遅れだろうと気にしていないふりをしたが、すでに配達記録は調査済みで屋敷には届いていることを確認している。悲しいが屋敷に窃盗犯がいるのだ。

「はあ」

どんどん気持ちが降下していく。

報告書を捲るたびにため息が出る。

ナサリーを筆頭にフェリの身の回りの仕事を放棄する者が数名。フェリは公爵家の勉強をしながら身の回りのことも全て一人でこなしていた。そしてナサリーに指示を与えていたのはセリーナの父フォード伯爵だ。ナサリーは事故を起こして背負った多額の借金をフォード伯爵に肩代わりしてもらっていた。——おそらく事故はフォード伯爵の策略だろう。

小さい頃から私たち兄弟を見守ってきてくれたナサリーがこんなことをするとは思ってもみなかった。が、率先してフェリを追い詰めているというのだから目も当てられない。『ラメル様の隣に立つのはあのお美しいセリーナ様でなければなりません!』とわけの分からないことを言っているらしい。

ナサリーが質屋に持ち込んだフェリへのお土産はすでに回収済み。案の定ナサリーはフェリの名前で堂々と質入れしている。私が騒いだらフェリに罪を擦(なす)りつけるつもりだったのだろう。ナサリーに同調した数名の侍女は解雇。ソテラ家で不祥事を起こしたのだ、もうどこにも雇ってはもらえないだろう。ナサリー本人は窃盗だ。解雇して騎士団に突き出す。証拠は揃った。フェリを害した忌々しい輩は一網打尽にしてくれる。

しかし、それより何より……。

悔しいことにフォード伯爵とナサリーの思惑通りにフェリ本人が屋敷から出たいと思っているようなのだ。ステアと屋敷を出る話をしていたらしい。

ステアは何度言っても理解できない。両親が説得しても『王命（本当は王妃命だろうが）で仕方なくラメル兄さんは！』と本気で私が責任感だけでフェリを嫁にしたと信じているのだ。ステアは可愛い弟だ。心底私のことを慕っている。その単純さは犬のように可愛い。だが、思い込みが激しくて厄介なのである。

フォード伯爵に『セリーナが婚約解消に胸を痛めて毎晩泣いている。あの女を追い出して貴方のお兄様とセリーナの未来を救ってください』とすがられて変に気を高ぶらせて斜め上に頑張っている。

頭が痛い。

ああ。

フォード伯爵のしっぽを掴むためにも工場視察に行くと返事をした。多分、行動を起こすとしたらその日になるだろう。できればフェリには屋敷を出ていってほしくはない。

どうか。

思い留まってくれないだろうか。

使用人の対処も遅れ、間抜けな私はフェリに随分辛い思いをさせてしまっている。

最悪だ。

私は愚図の能無しだ。

王妃が言っていたようにフェリには『誰も事情を知らないところへ行かせる』方が幸せなのは分かっている。

でも、
どうか。
捨てないでほしい。

——その日、私の思いも虚しく。

フォード伯爵の経営する工場見学に出かけた私を見送ったフェリはステアの準備した馬車で屋敷から出ていってしまった。

＊＊＊

工場見学に出ると言って出かけた私はバレないようにすぐに屋敷に戻った。フェリが屋敷から出るのを悲しい気持ちで見送るとすぐに主（あるじ）のいなくなった部屋に向かった。

「フェリは何も持たずに屋敷を出ましたよ？」

クローゼットの中を漁（あさ）るナサリーに声をかけるとその肩が面白いくらいに揺れた。恐る恐る振り返るその顔は真っ青で醜悪だった。

「ラ、ラメル様……」

「貴方がこんなことをするなんて。酷い裏切りです」

そのまま膝から崩れ落ちるナサリーを冷ややかにしか見られなかった。幼い頃からあんなに仕えてくれていたのに。

拘束されて部屋を出るナサリーに目もくれずにそのままクローゼットへ向かった。ナサリーが手にしていた箱には数少ないフェリの手に渡った贈り物が丁寧にしまわれていた。

その整頓されたドレスを見るとフェリの真面目な性格が分かる。ああ泣きそうだ。これは、私は捨てられたってことだろう。彼女は私から何も受け取らずにここを去ろうとはじめから考えていたのだ。

私が有頂天になって彼女を抱いていた時も。

彼女は別れを予期していたのだ。

もう、泣いてもいいだろうか。

——そうはいっても落ち込んではいられない。フォード伯爵はフェリを襲撃する計画をしていたのだから。急いでフェリの後を追わなければならない。

フェリが乗った馬車の御者はダールだ。古くから仕えてくれているダールはもちろん御者ではない。私専属の執事の一人で武道の嗜みがある。執事としてはまとめ役の裏の仕事が多いので表には滅多に出ない。フェリとは面識がないのだが多少は変装してもらった。が、当然ソテラの屋敷で知らぬ者はフェリ以外いない。彼にはフェリを見守ってくれるように頼んでいた。

フェリは屋敷から出るのにステアに馬車の用意を頼んだ。ステアを知る者ならステアには絶対に頼まない。フェリはルートも資金調達も下準備に余念がなかった。これが頭の回るアメリ辺りが手引きしていたらすんなり私の手から逃れてしまっただろう。ステアが選ばれたことが幸いだ。

フェリを乗せた馬車はソテラの別荘へ向かう道をグルグルと回ってもらうことになっている。土地勘がないと言っても同じところを回って気づかれないかと心配だったが今朝からの雨が味方してくれるだろう。

「ラメル様、やはり何者かが馬車を襲う気です！」

「二人組が馬車を追っていきます」

「並走して襲撃を止めてください。必ず生きて拘束するように。死ななければ何をしても構いません」

王太子に借りた専属の精鋭部隊の二人に指示を出して馬車を追う。雨は次第に激しくなっていた。

「ラメル様、馬車の中の者が応戦しています」

「誰が応戦できるって言うんです!?」

間抜けな声を出してしまう。フェリしか乗っていないはずじゃなかったのか？

「それが、ステア様が乗っていたみたいです」

「はあ!?」

前を見るとステアが強盗の格好をした男を馬から落としていた。まあ、ステアの能力から言ったらたやすいことだろう。もう一人いた男も私たちに気づいて観念したようだった。

とりあえずは二人を拘束する。この先に小屋があったから後はダールが上手くやってくれるだろう。

しかし……ステア。

お前、ダールが御者だと気づかなかったのか!?　変装って言っても髭(ひげ)つけただけだぞ？

道だって別荘に行く道だったろうが！

アホだ……。

アホだと思っていたけど……アホだった。

おおよそのことを片づけて急いでフェリの元へと向かった。ちょうどダールの使いの者が来てフェリのいる位置を教えてくれた。

小屋に着くとすぐにダールに報告を受けた。ステアはフェリが浮気して間男と逃げると勘違いして馬車に乗り込んだらしい。あの状態のフェリがどうやって浮気するのだ――やっぱりアホだ。まあ、フェリを守ってくれたことには感謝している。

雨はさらに酷くなっていた。

私はフェリを守りきれなかった。

彼女はソテラの屋敷を出たのだ。このまま見知らぬ土地で再出発する方がいいのではないだろうか。

気持ちは沈んでいく。

どちらにせよ、選ぶのはフェリだ。

重い気持ちでフェリがいる小屋に足を運ぶ。その時ダールがもう一つ、と言って落ち込んでいる私に声をかけた。

「若奥様の目的地はサクメトでしたよ、ラメル様」

「サクメト?」

「未婚の女性が選ぶ場所ではございません。子育ての街と言われているところですから」

「……」

その時、心の底に湧き上がるものが確かにあった。一刻も早く、フェリに会わないと!

気持ちを高ぶらせながら小屋の中に入るとステアがフェリに今にも手を伸ばして触れようとしてい

た。それを見た途端自分でも制御できないくらいにカッとなってしまう。

「ステア。私の妻に触れてはなりませんよ」

自分でも驚くくらい低い声が出た。すぐにステアの体を倒して腕をひねって床に倒した。昔から体術でステアに負けたことはない。

「私は結婚してよかったと思っています」

私の声に驚いていたのはステアだけではなかった。驚いた顔のフェリ。フェリは私を真っ直ぐに見ていた。

「貴方を他の誰にも譲る気もありません」

もっと何か、伝えなくては。フェリの口からなんと言葉が出るか怖い。拒絶されたらこの先、生きていく自信がない。

なのに、フェリは……。

「皆さん、風邪を引いてしまいます！」

ずぶ濡れの私たちを心配したのだった。

＊＊＊

全て説明した後、フェリが倒れてしまった。王太子が暗殺されかけた時だってこんなに焦ったことはない。急ぎ馬車を走らせて、別荘に向かう。医師を呼んで、念入りにフェリを診てもらった。

「精神的疲労と貧血で倒れられたようです。最近の様子をダールさんにお聞きしましたが妊娠初期の症状に思われます。奥様の最後の月経の時期をご存じですか？」

「……そう言えばここのところ聞いていなかった」

ひとまず疲労で眠っているようだと聞いて安心する。

けれど、まさか。本当に子供が？

「ご本人が一番分かっておられると思いますが、妊娠の可能性は高いでしょう。詳しく調べますか？」

「え、ああ。お願いします」

医師の声をどこか遠くに聞きながらフェリの事を思い浮かべる。

私を見たフェリは真っ先に私を心配した。

フェリが目指したサクメトは育児に寛容な街で有名だ。

何も持って出なかったフェリ。

そんなフェリが私との子を、一人ででも育てようとしてくれていたとしたら……。

まだ、私は貴方に愛を乞えるのだろうか。

何度も眺めたことのあるフェリの寝顔をじっと見つめた。

どうか、私を捨てないで。そうは思うものの、フェリを手放す気などない。

そうして一晩フェリのベッドの側(そば)で夜を明かした。

「ラメルお兄様！」

次の日さっそくやってきたのはアメリだ。ナサリーの件なども聞いてやってきたのだろう。後ろには散々説教をした上に拳骨を食らわせたステアもいた。

「静かに。フェリが起きます」

「私がちゃんと気づいてあげられなかったばっかりに、フェリお姉様は……」

「アメリのせいじゃありません。私がちゃんと見ていれば良かったのです」

「ナサリーがまさか、フォード伯爵を後ろ盾にフェリを率先して虐めていたなんてな！」

「お前が言うな！　この単細胞！」

思わずアメリと声をそろえてしまった。ステアはシュンとなって部屋の隅に行く。そこで暫く反省すればいい。

「それにしてもこの部屋、お花がいっぱいですね」

「フェリは花が好きなのです」

「……ま、まさかラメルお兄様が？」

「他に誰がいるというのですか。フェリのお腹には私の子がいるのです。お祝いも兼ねて用意しました。ベビー服はレースのついたものが可愛いと思うのです」

「まあ！　おめでとうございます！　……ラメルお兄様？　嬉しいのは分かりますがちょっと先走りすぎです。フェリお姉様にひかれてしまいますよ？」

「ジョシアに『お前には表情筋がないから態度で表せ』と言われました。贈り物はその一環です」

「確かに表情筋は死滅していると思っていました。でもラメルお兄様、言葉だって大事ですからね？むしろ言葉にされた方が女性には効果的です！」

「なるほど。善処します」

騒がしくしてしまったために身じろいでフェリが目を覚ました。駆け寄り、フェリを覗き込んだ。

「心臓が止まるかと思いました」

そう言うとフェリは目をぱちぱちと動かした。

「う」

「どうしました？」

上半身を起こしたフェリは気分が悪くなったのか口を押さえた。

「……いえ、きつい匂いを受けつけなくて」

「!!　すぐに部屋の換気を！　そこの花は廊下に移動してください！」

「申し訳ありません……。せっかくどなたかが贈ってくださったでしょうに」

「いえ……。妊娠中は匂いに敏感になるらしいですから、私の配慮が足りなかったのです」

「……妊娠を知っておられるのですか？」

「ここに運んできてすぐに診察してもらいましたから。その時に。知っていたらあんな危険な真似（まね）はさせません。ああ、そんな顔しないでください。……大丈夫です。順調に育っているそうです。フェリ。私との子供です。産んでくださいますよね？」

「……はい」

「泣いているのですか？　まさか……」

泣くほど嫌だと!?

「違います。う、嬉しいのです。嬉しくて、涙が……す、すみません……」

ふわりとフェリが微笑（ほほえ）む。天使、私の天使だ。

「フェリ。貴方は私に次々と幸福を運んでくれます」

＊＊＊

フェリの体調が良くなってから私はフォード伯爵に最終通告した。

娘が不憫（ふびん）だとすすり泣いていたが、どうにもならないのだから修道院しかないと、それがセリーナの幸せだと説得した。もちろん、フェリを襲わせる計画をしたこととナサリーを使ってフェリを追い詰めたことは後悔してもらう。しかし、それも私と離婚させることが目的で遠ざけるくらいの計画でしかなく危害を加えるつもりはなかったらしい——真相はどうかは分からないが裁くより貸しの方がいい。

すっきりはしないがセリーナのことですでに心が折れていたのであまり追い詰めるのもよくないという判断だ。私の愛妻に手を出したらどうなるか知らしめるにはちょうどいいのでそこは利用させてもらうが。

「ラメル様。フローラ姫からお手紙が来ました」

太ももに頭をのせてふっくらとしたお腹に耳を当てていると上から愛しい妻がそう声をかけてきた。フェリへ届く手紙は全部私がチェックしているので当然その手紙が来たことも知っている。

「恨み言でも書いてありましたか？」

フローラは十五歳上の辺境の地の王族へと嫁いだ。ニュアンス的には部族の長(おさ)の親族と言った方が近い贅沢(ぜいたく)などできない身分になった。

アレドリア様が良いと泣き喚(わめ)いて嫁いでいったフローラ。初めは恨み言ばかりの手紙が王妃に届いたらしい。それが最近愚痴ばかりの内容だが生き生きしていると王妃が言っていたので思っていたより水が合ったようだ。

「それが、私への謝罪のお手紙なのです。嬉しいです」

見上げるとふふふと笑う天使。ほんとに、なんて出来た人なのだろう。

「少しは苦労されて成長されたようですね」

「ええ。あら？　ラメル様、もう執務に戻る時間ですよ？」

「では頑張りますので頭を撫(な)でてください」

私が強請るとフェリが躊躇(ためら)いながらも頭を撫でてくれる。よし、これで午後からも頑張れる。

「あ、今動きましたよ？」

お腹の子も私にエールを送ってくれたようだ。立ち上がりフフフと笑うフェリの頬に口づけを贈る。

少し赤くなるフェリの顔を見てこの上ない幸福を感じた。

夫婦は一日にしてならず　～子持ちから始まる恋人～

「真珠のような女の子です」

無事に出産した長女と対面したラメル様は動かない表情でそう、おっしゃいました。

……生まれたばかりで正直誰かに殴られたような腫れぼったいその顔を真珠のようだとは私は思えませんが愛(いと)しい、愛しい、ラメル様との子供です。

「フェリ、ありがとう。本当に、ありがとう」

多分、これは喜んでおられるのです。大丈夫、大丈夫。

男の子が良かった、などとは言われていません。しかも陣痛中、昨晩から部屋の外の扉の前でずっとうろうろしていたと聞いています。無表情なだけでラメル様は喜んでいるはずです。

ラメル様が赤ちゃんを助産師の腕に戻すと赤ちゃんは私の隣に戻されました。正直、疲労でヘロヘロですが、やり遂げたという感動と無事に生まれたという安心感で体が高揚しています。

ちゅ。ちゅ。ちゅ。

額に、頬に、ラメル様がキスを贈ってくださいます。

「まあまあまあ、旦那様、嬉しいのは分かりますが、奥様を休ませてあげましょうね」

女衆に部屋から追い出されたラメル様の背中を見送って、どっと疲れが押し寄せてきました。そうして少し、目を閉じました。

それから少しの間、私は赤ちゃんの世話をするために数時間おきに目覚めました。基本、世話はあらかじめ用意されていた乳母が行いますが、田舎育ちの私がどうしても母乳を与えたいと無理を言って世話をさせてもらっています。

子はローダと名づけられました。三カ月もすればフクフクとしてきてラメル様の言う『真珠のような女の子』になってきました。

ローダは皆に祝福され、歓迎されています。男の子でなかったことにがっかりされても仕方ないと腹をくっていましたが、そのような覚悟は微塵も必要でなかったようでお義父さまもお義母様も大変喜んでくださり、暇を見てはローダに会いに来てその腕にローダを抱っこしてくださいます。

時々ラメル様がローダを独り占めしてステア様やアメリ様から非難されていますが私は毎日幸せに包まれて暮らしていました。

＊＊＊

「何を見てらっしゃるんですか？」

「答える必要があるのか？」

「答えてもらえなくてもいいのですが気になったもので」

「……蟻だ」

「まあ。とても長い行列ですね。虫がお好きなんですか？」

「好きじゃない」

「はあ」


ロータと私は日中のほとんどを日当たりのよいサロンかお庭で過ごしています。どうやらラメル様は私が王妃様の温室を気に入っていたことから無類の花好きだと思っているようで温室も作る勢いでしたが、お庭のお花で十分だと何度も言ってやっと分かっていただきました。

ローダは気性の穏やかな子のようで、よく寝ます。とても良く寝ます。時に心配になるほどですが、乳母のチェリカは『まあ、お母様孝行な賢いローダ様』と褒めてくれます。ちなみに今もバスケットの中でスヤスヤと眠っています。

ローダはとても可愛いのですが、少しだけ残念なのは彼女が私にそっくりな容姿で生まれてきてしまったことです。グリーンの瞳の色だけはかろうじてラメル様の色をいただいていましたが、あんなに願ったというのにどうして……。

ラメル様やソテラ家の方々は『フェリに似ていて可愛い。むしろその方がいい』と声を大にして可愛がってくださいますが私としては複雑な思いです。

この蟻の観察をしていた小さなお友達は、なかなかの天邪鬼(あまのじゃく)です。

「いちいち言うな。分かっている」

「今は眠っていますし、起きてからの方がよろしいでしょう。手は洗っていただきますよ」

「おい、ローダを触っていいか？」

六歳のレイナード様は王太子様のご子息で、週に三日ほどステア様の剣術の授業にソテラ家に訪問されています。

普通はステア様の方が王城を訪問してご教授されるのでしょうが、レイナード様の妹のティアラ姫様が酷(ひど)く癇癪(かんしゃく)もちで小さな物音一つに大泣きするそうです。城の者も乳母もティアラ姫の方に手を焼いて大人しいレイナード様が我慢することが多いとか。少しでも落ち着いて稽古してほしいというのは建前でこの屋敷でレイナード様の心が落ち着かれるようにとソテラ家に来られているのです。

しかしレイナード様はどうやら体を鍛えることは苦手な模様。こんな小さな子に毎回稽古を抜け出されてしまうステア様がどうなっているのか不安です。

赤ちゃんを見ると心が癒(いや)されるのは皆同じなようでレイナード様はふらふらと庭に現れてはローダ

たのに！

の魔性ともいえるマシュマロほっぺをつついていかれます。あ、こら。手を洗って起きてからといっ

「レイナード様はお稽古の時間ではないのですか？」

すっとローダをガードするようにレイナード様との間に体を滑り込ませます。

「稽古は中止になったのだ」

……嘘ばっかり。お稽古のために王子が来ているのに中止なんてありえません。

「では、お茶にしませんか？　今日のお菓子はマカロンですよ？」

「いらない」

「レイナード様は熱いお茶は苦手なんですね？　気が利かなくて申し訳ありません。ではもう少し冷ましておきましょう」

「冷たいのは嫌いだ」

挑戦的に言うとツン、としながらレイナード様がちょこんとテーブルに着きました。ここ数日の訪問でマカロンがお好きなことは分かっています。――ここでフローラ姫様で鍛えられた技が使えるとは思っていませんでした。

「あ、先に手を洗いましょうね？　ご自分でされますか？」

「洗わせてやってもいい」

素直に手を出せないのかとは思いますがちゃんと洗うところは育ちがいいというかなんというか、

思わず笑ってしまいそうになります。機嫌を損ねることが分かっていて笑うようなことはしませんけれど。

まるで反対言葉しか話せないのかと思うくらいレイナード様はなんでも否定されます。まさかフローラ姫様も幼少期はこんな感じだったのでしょうか。ティアラ姫といい、そう考えると王家の将来が不安です。

「王子！　またここにいたんですか！」

そろそろかと思ってお茶の追加を入れているとステア様がやってきました。

「王子と呼ばれるのは嫌だ！」

レイナード様がぴしゃりと言います。この声色は天邪鬼などではなく、本当に嫌なようです。私も初めて会った時に釘を刺されております。

「ステア様、レイナード様、とお呼びください」

「……レイナード様、毎回毎回逃げ出されては困ります」

「逃げているのではない。ステアに用事ができるのではないか」

「そうなんですよねぇ。なんでだろうなぁ……、って待っててくれたらいいでしょ！」

ああ。これでは抜け出すのは簡単そうです。けれども首を突っ込みたくないので私は黙って紅茶をすすりました。

「ステア様、レイナード様のお稽古のメニューはどんな感じなのですか？」

「ん？　ああ、これ」

ぴらりと見せられた紙にはレイナード様のお稽古のスケジュールが書いてありました。うーん。六歳のメニューにしてはハードすぎます。

「ペンをいただけます？」

「ああ、いいぞ」

さらさらと赤線でハードな内容を容赦なく削っていきます。こんな大人の軍人みたいなメニューを六歳にさせようとは恐ろしいです。毎回逃げ出してくるのはおかしいと感じていたのです。

「レイナード様は剣術と体術はどちらがお好きですか？」

「どちらも嫌いだ」

「ではどちらをお選びに？」

「ステアが嫌な方だ」

「ステア様、どちらが嫌ですか？」

「嫌って!?　剣術はおいおいでもいいけど、体術は護身のためにしておかないといけないぞ？」

「では、こうしませんか？　ステア様は剣術がお好きでしょ？　苦手な方を習うならレイナード様も少しは気が晴れるのではないですか？　体術から始められては？」

「そういうことならいいだろう」

私は剣術の時間をさらに赤線で消して休憩と書いてステア様に渡しました。

「え、休憩ばっかり……」

「この庭には探求すべきものが多いですからね。レイナード様は研究熱心なところが良いでしょう」

私に褒められるなど思っていなかったのか、レイナード様が顔を上げて私を見ました。さすがは美男美女の血を濃く引いておられます。ミシェル王太子妃から受け継いだだろう艶やかな赤みのある金色の髪とキリリとした顔立ち。これは将来騒がれること間違いない王子様です。

ステア様が私の引いた赤線に不満なのかブツブツ言っておられますが、苦手なものを初めからたくさん押しつけたら嫌いになるに決まっています。

私に物言いたげな視線を送っていましたが次の日からレイナード様が逃げ出してくることがなくなったので『さすがフェリだ！』と調子のいいことをおっしゃいました。

稽古の量も適切になったのでレイナード様ももう来ないだろうと思っていました。しかし意外なことにレイナード様はその後も休憩時間を私のいる庭で過ごすことが多く、私は天邪鬼な小さな友人とのお茶会を続けていました。

＊＊＊

「ごめんなさいね、フェリさん」

随分ローダの世話も落ち着いてきた頃、お義母様が訪れて私にすまなさそうにおっしゃいました。そろそろ家のお仕事を手伝わせてほしいと伝えてもらうと、すぐに足を運んできてくださったのです。

「いえ、むしろ今までご考慮してくださって助かりました」

「始めは郵便物の仕分けからが良いと思うのだけどお願いしていいのかしら？　正直貴方にはショッキングな内容なものもあるのです」

「いえ。お義母様が随分粛清してくださったと聞いています。それに、ローダの世話もほとんど乳母がやってくれているので正直私は手が空いているのです。微力ですがソテラ家のお役に立てたらと思っています」

「いずれはラメルの嫁として家のことのあれこれも継いでもらわないといけないから手を貸してくれるのはありがたいのだけど、ややこしい案件があればすぐに私かラメルに言ってね。今ある『危険人物リスト』は赤い紙に書いてありますからね」

お義母様から赤い紙を預かって、籠いっぱいの郵便物は机の上にダールさんが置いてくれました。

「それから、開封はダールに任せてね」

「お礼状の返信などはダールに相談すればいいですか？」

「ええ。主人から聞いてるわ。フェリさんはとっても字が綺麗なのだって。期待しているわね」

「はい」

「ああ、でも、無理はしないようにね。私がラメルに怒られちゃう」

「お気遣いありがとうございます」

お義母様が部屋を退出して私は与えられた部屋で早速作業に取りかかりました。隣で手袋をしたダールさんが次々と手紙を開封してくれます。御者だと思っていたダールさんがソテラ家の金庫番とも呼ばれる筆頭執事だと知ったのはいろいろと落ち着いた時でした。

「そこまでする必要があるのですか？」

「やっかみや逆恨みと言ったものは厄介ですからね。封を開けながら簡単に宛名も分けますので箱に分けて入れていきますね。開封しないものはご本人しか開けられないものですのでそのままで構いません」

そう言って黙々とダールさんは作業を続けます。カコン、カコン、と小気味のいい音を響かせながら郵便物が仕分けされていきます。箱は左からお義父様、ラメル様、お義母様、ステア様、私、アメリ様の順で箱が置かれています。当然、お義父様の箱が一番量が多いのですが問題はラメル様の箱でした。

「お気になさらず」

「こんなに来るのですか……」

恋文やプレゼント。はたまた結婚しているというのにお見合いの釣書まで。

下級貴族からのそれは多分、私と結婚したことによる『あの貧乏男爵が嫁になれるんだから！』という希望に満ちた感じが見て取れます。大抵は愛人でいいですよという感じです。そして、中流や上流の皆様方は別れてくださったらすぐに嫁ぎますよ～というアピールが凄いです。

「はあ」

改めてラメル様のモテように心が沈みます。

「大丈夫ですよ。若奥様。ラメル様は若奥様以外に目を向けられることはないです。お小さい頃からずっと見てきたダールが断言いたします」

「……ありがとうございます」

そうは言われてもこの数を見ると落ち込みます。

「え!?」

ダールさんは中も確認せずにプレゼントをゴミ箱に突っ込んでいきます。

「若奥様が気になるものがございましたか？　お使いになるならご自由にされて構いませんが口に入れるものは危険ですので全て処分いたします」

「い、いいんですか？　捨ててしまって……」

せっかくのラメル様宛てのプレゼントを……。

「髪が編み込まれたり、呪詛が書かれたりと不気味なものも紛れていますので捨てる一択がよろしいかと」

「ひぃっ」

「これでも若奥様とご結婚なさってからは随分と減ったのですよ？」

「でも、セリーナ様とご婚約された時はこんなことにはならなかったでしょう？」

「あはは。あの時はこんな可愛らしい内容ではありませんよ。貸したお金が返ってこないから婚約者のお前が払え、だの、慰謝料払えだの……セリーナ様の悪行が綴られていたりもしましたねぇ」

「ひぃっ」

「若奥様がどう思われているか分かりませんが、ソテラの皆様は本当に若奥様の事を歓迎しているのです。セリーナ様がもしあのままラメル様とご結婚されていたらと思うとここに働く者も皆今でも背筋が凍る思いです」

「……そう、なのですか」

多額の借金を抱えて修道院送りしかなかったというセリーナ様と今更私の立場を交換しようなどとは思いませんが、やはり、私ではラメル様にふさわしくないのではないかと落ち込むことはあります。

ラメル様宛ての手紙の中には生まれた子が女の子だったのだから私は男の子を産んで差し上げますと書いている人もいました。どこから突っ込んでいいのか分かりませんが、それほどまでしてアピールする価値がラメル様にあるということです。ラメル様のお心一つで私もローダもソテラ家を追われてもおかしくありませんし、愛人を作っても愛人の方が身分が上である可能性もあります。

ラメル様を繋ぎとめておける魅力が私にあるのでしょうか……。自信満々の手紙たちに返事は無用だと箱にまとめて放り込みました。ラメル様が今までどんな気持ちでこの手紙たちを読まれていたのかと思うとなんだかいたたまれない気持ちになりました。

＊＊＊

ここのところはラメル様も忙しく、夜中に屋敷に戻ってきて私の寝ているベッドに潜り込んでくる毎日です。

朝も早いので顔も合わせない日が続いていました。正直とても寂しいですが、毎日メッセージとお花が届くので私も簡単な返事をカードで返しています。毎日の郵便物の仕分け作業で気落ちしていた分、このやり取りだけが私の心の拠り所になっていました。しかし忙しいのはきっと私のせいでもあるのです。

私には話してくれませんが社交界シーズンに入ったので貴族はパートナー探しや仕事も兼ねていろいろなところに顔を出して顔を繋ぐ時期でもあります。ラメル様は私と結婚したので通常であれば妻を同伴していかなければならないのですが、私たちの馴れ初めが少々スキャンダラスなためにお独りで世間の興味本位な視線を受けておられるのです。

大事にされている。大事にされているのです。

けれども、心の奥底で、もしかして『私を紹介するのが恥ずかしいからお独りで行かれるのではないか』と後ろ向きにとらえてしまっている自分もいます。ですからお義母様が次のパーティには参加できないかと打診してくださった時は少しホッとしたのです。

「ラメルはね、まだ反対だって言っていたのだけれど、やはり独りで出席というのも醜聞が立つの。妊娠中は私も絶対にフェリさんを外に出したくなかったけど出産も終えた今、このままでは良くないと思うのよ。実はもう貴方たちの不仲説も出ているの。これはラメル一人では対処できないわ。あの無表情で愛妻家だなんて誰も信じないもの。会場では不安だろうしラメルか私が一緒にいられない時はアメリをつけるから、フェリさん、頑張れないかしら。どうしても無理なら他の方法も考えるけれど」

「私、出席します。正直、好奇な目に曝されるのは怖いです。でも、私もラメル様とローダを儲けた妻ですから……大丈夫です」

「そう言ってもらえると嬉しいわ。ふふ。ラメルの片想いでなくて良かったわ。まずはいきなりパーティは怖いでしょうし、ラメルの職場に差し入れをなさってはどうかしら？　ローダは置いていかなくてはならないけれどアメリと一緒に行けばいいわ」

「――ラメル様のお仕事の邪魔にならないでしょうか？」

「あら？　見た目にはわからないでしょうけど多分、飛び上がって喜ぶと思うわよ」

お義母様の言葉に押されて勇気づけられた私は早速、ラメル様に内緒でお昼休みに差し入れを持って職務室へと向かいました。

＊＊＊

自意識過剰かもしれませんが皆に見られている気がします。今日は直接東棟に入ったので、侍女仲間たちには会わずに済みますが、廊下を進むとやたらと視線が集まります。

『あれが、公衆の面前で……』とか思われているのかもしれないと思うと恥ずかしくて死にたい思いです。

「お姉様。顔を上げてください。皆、お姉様が綺麗だから見とれているだけですよ」

下を向いているとアメリ様が優しい声をかけてくださいました。そんなはずはないのですがアメリ様の心遣いに顔を上げました。斜め後ろにはサンドイッチの差し入れの籠を持ったオリビアも私を励ますように頷いてくれています。

そうですね、こんなところで負けてはいられません。ラメル様の妻として堂々としていなければなりません。

職務室に着くとオリビアがドアをノックしてくれました。

「ご休憩中すみません。ソテラ宰相補佐様の奥様が皆様に差し入れを持ってまいりました」

ゴクリ、と喉を鳴らしながら室内に足を踏み入れます。正直、緊張で心臓が口から出そうでした。

「フェリ！」

私に気づいたラメル様が一番奥の机から立ち上がってこちらに向かってこられました。

「ラメル様、差し入れにサンドイッチをお持ちしたのです。よろしければ皆様も」

「どうして、ここに？　それより、大丈夫なのですか？　アメリ！　フェリは育児で大変なのですよ？　無理は禁物です」

「お兄様、大事になさるのは良いことですが囲いすぎては息が詰まりますよ？　お姉様が来てくださって嬉しくないのですか？」

「嬉しい！　とても嬉しいです！　けれど、私の可愛い人をこんなむさ苦しい男どもに見せるなんて我慢できません」

「ラ、ラメル様！　……むさ苦しいだなんて、皆さま優秀で立派な方々ばかりですのに！　ええと、よければ召し上がってください」

私とラメル様のやり取りを部屋にいた十名ほどの職員がポカーンと眺めています。休憩中に申し訳ない気持ちでいっぱいです。オリビアが機転を利かせてサンドイッチを配ってくれています。

私もラメル様用に分けていたものをラメル様に渡しました。

「フェリは食事は終わったのですか？」

「え、あ。私は屋敷に帰ってからゆっくりといただきますので」

「最近、休憩時間に貴方とローダのところへ行けなくて苛立っていたのです。良ければ一緒に食べて帰りませんか？」

「え、でもアメリ様もオリビアもいますし……」

「私とオリビアは先に馬車で待ってます。お姉様はお兄様とお食事されてから戻ってくださればいいですよ。外まではお兄様がお姉様を送ってくださるのでしょう？」

「もちろんです。さあ、フェリ、私の席で食べましょう」

「ここで、ですか？」

「すみません。移動して貴方と二人で食べたいのですが、仕事が押していて時間がないのです。少し窮屈ですがくっついていれば大丈夫ですよ」

「……」

では、とアメリ様とオリビアが出ていってしまいました。

仕方なく私は一番奥のラメル様の席で一緒にサンドイッチを食べることになりました。少し狭いので椅子を並べて肩をくっつけて座ります。机の書類を簡単に片づけたラメル様がランチボックスを開けている間に水筒のお茶を入れました。

「フェリと食べると久しぶりに食べ物を美味しく感じます。ありがとう、フェリ」

突然来て迷惑ではなかったかな、と思っていたので喜んでもらって嬉しいです。でも、あまりにも私を見つめながら食べるので恥ずかしくなってつい、ラメル様の顔を手のひらで押してしまいました。

「あまり見られると恥ずかしいです」

「でも、最近は忙しくて貴方の寝顔しか見せてもらっていません」

「！　寝顔、見てるんですか？　恥ずかしいです」

「寝顔も可愛いですけれど、やはり起きている方がいいです」

「――恥ずかしいです……」

「可愛い。フェリ……」

甘い声でラメル様が言うものだからもう、恥ずかしくて耳まで熱いです。と、辺りが静かすぎるのに気づいて周りを見ると皆がサンドイッチを片手に持ちながらこちらを見て固まっておられました。

「!!」

こ、こんなところに押しかけてきて恥ずかしい！　けれどもラメル様が上機嫌（安定の無表情ですが、私には分かります）なので今日だけは許してください。やっとのことで食事を終えて、名残惜しいと言ってくださるラメル様に送ってもらいます。

「皆さま、ご休憩中、失礼いたしました。えと、もう、お邪魔いたしませんので……」

職務室を出る時に申し訳ないと言うとわらわらと皆さまが席を立って来てくださいました。

「差し入れ、美味しかったです！　ありがとうございます！　そんなことおっしゃらずにいつでも来てください！」

「ソテラ宰相補佐の奥様がこんなに素敵な方だなんて思ってもみなくて、いやぁ、驚きました！　ラブラブなんですもん！　是非！　また来てくださいね！」

「もー今の時期殺伐としていて大変なんスよ！　おいしかったです！　ありがとうございました！」

「あ、えと、喜んでいただけて嬉しいです」

「待ちなさい、フェリに触れてはなりませんよ。握手は許しません」

何人かにはお礼に握手を求められましたがラメル様がピシャリと跳ねのけました。その様子が面白いのかこぞって皆さんが手を出していたように思います。

「まったく、油断も隙もありませんね」

ワーワー言う皆さんをドアの向こうに押し込んだラメル様が廊下に出た途端私の手を繋いでくださいました。急に繋がれるとドキッとします。

「あの」

「嬉しかったです。最近、忙しくて会えていなかったので。貴方のカードの返信も楽しみなのですけれど、やっぱり逢いたいです」

「わ、私も毎日、お花とカードをありがとうございます。あと、私もお逢いしたかった……です」

握られていた手が指を絡めるように握り直されていきます。もう、心臓がバクバクです。

「フェリ、気をつけて帰ってください」

守衛さんのところへ行く前にラメル様が立ち止まりました。少しつんのめってしまった私はふわりと抱きしめられました。あ、いえ、その、ここ、廊下です。守衛さんにも、見えてしまっているかもしれません！　ラ、ラメル様！

「今はこれで我慢します。体を大事にしてください」

そんなことを言ってラメル様は守衛さんに挨拶をしてから私を外で待っていたオリビアに引き渡しました。

「フェリ様、お顔が真っ赤ですよぉ？」

ニヤニヤしながら言うオリビアにも口をパクパクして返答することができません。

二日後にまた差し入れを届けた時はオリビアと二人で東棟へ訪れることができました。

「頑張りましたね、お姉様」

何度か差し入れをして東棟に行くのは平気になってきました。何しろラメル様は喜んでくれますし、ラメル様の同僚の皆様にも部下の方々にもなぜかもっと来てほしいと懇願されて随分歓迎してもらっています。差し入れを持っていくだけで流れてしまっていた私たちの不仲説も消えてきたそうです。

まあ、元々東棟では不仲説よりも『ラメル様本当に結婚したのか説』や『妻子夢物語説』の方が囁かれていたそうですが。

「アメリ様のお陰です」

「来週のパーティも私が側にいますからね。お姉様に不埒な者は近づけませんからね」

「ふふ、ありがとうございます。でも、私も頑張りますから。アメリ様の交友関係もありますでしょ？　同じ会場にいてくださるだけでも心強いです」

「まあ、お姉様のことはお兄様が守ってくださるだろうけれど。私もお母様もいますからね！」

「はい。心強いです」

アメリ様には励まされてばかりです。お義母様とアメリ様にも相談させてもらってドレスもアクセサリーも用意が揃いました。あとは堂々と、ラメル様に恥をかかさないように振る舞うことに集中しないと。

細心の注意を払って挑んだパーティでしたが、やはり、私は妬みの対象であることは変わらず、ラメル様と合流する寸前、ほんの少し一人になった瞬間にご婦人方に引っ張られて物陰で囲まれてしまいました。

「ほんと、上手くやったわよねぇ、汚らわしい」

「体を使ってラメル様を脅して結婚するなんてねぇ」

「しかも、大衆の面前でさかったらしいじゃない。恥知らずもいいところだわ！」

「あー。ラメル様、おかわいそう！」

小突かれて、不快な言葉を投げかけられます。言われなくとも毎日が不安です。忙しいからとは分かっていてもローダを産んでからは、その、夜はご無沙汰ですし。正直浮気されても文句なんて言える立場ではありませんし。でも、毎日のカードや毎晩抱きしめてくださる温もりに愛情を感じます。ラメル様は愛情深い誠実な方です。きっと他に好きな方ができたってちゃんと私にお話しになるでしょう。

「早く、離縁なさいよ」

「子供だって女の子だっていうじゃない。役立たずねぇ」

以前なら自分より身分の高い人に言い返したりはできませんでしたが、今はラメル様に嫁いだ私の方が爵位が上です。そんなことも分かってこの人たちは私を侮辱しているのでしょうか。ましてローダまで馬鹿にされては黙っていられません。言い返そうと口を開いたその時です。

「貧乏男爵の娘が。あさましく強請って買ってもらったドレスかしら！」

バシャッとせっかくのドレスにワインがかけられてしまいました。さすがにこれは洒落になりません。

あんなに時間をかけてお義母様とアメリ様と一緒に揃えた衣装を汚されて私は頭が真っ白になりました。きゃはは と笑うご婦人たちに、言い返さないと、と思うのに体が動きません。それでも、どうにか口を動かそうとした時、懐かしい声が聞こえました。

「あんたたちの顔、覚えたわよ。ラメルがどう処分するか楽しみだわ。自分の愛妻がこんな目にあったのだからねぇ。あの冷徹な男がどうあんたたちを処理するか考えるだけでも恐ろしいわ」

「え、愛妻？」

「と、いうか、え？　フ、フローラ様？」

姫様のご登場でご婦人方が蒼白になっています。私もびっくりです。颯爽と現れた姫様は以前よりもすっきりとした体つきになられ、髪を複雑に結い上げて濃紺の細身のドレスに腕のところだけが総レースの一見シンプルですが姫様のこだわりが垣間見られる服装をしておられました。

「わ、私は関係ないです！　アドリーヌたちが勝手に！」

「そんな！　メラニー様が言い出したのでしょ！」

ご令嬢たちが揉め出して先ほどまでの嫌な気分を姫様が吹っ飛ばしてくれました。背筋を伸ばし、かばってくれた姫様の前に立ちます。

「メラニー＝レザリオテン様ですか？　初めまして。ええ。良く存じ上げてますよ。夫にしつこく見合いの申し込みをなさっていますからね。まあ、既婚の子までいる男性に熱心にご自分をアピールされるのですからよほど自信がおありなんでしょう。最初は愛人からでも、ですって？」

「え、あ……それは……お、お父様が勝手に……」

「あら、そうなんですか？　でしたら私に離縁を迫る意味が分かりませんけれど？　デスモンド家、ワスラ家……他に釣書を送っている独身男性たちが聞けば気分のいいものではありませんよね？」

「な、なぜそれを……」

「メ、メラニー様？　ワスラ家ってどういうつもりなんですか!?　私がダニエルを好きなの知ってますよね？」

「デ、デスモンド家って、散々馬鹿にされてたじゃないですか!?」

お義母様の情報網は恐ろしいです。目の前の結束して見えた令嬢たちが途端に揉め出しました。もう私への関心が薄れたようでほとんど空気です。けれども私はせっかくのドレスをワインまみれにされてしまいました。

「あんたどんな弱み握ってんのよ……こわッ。でも……この状態は私のせいだわ。ごめんなさい。フェリ」

ワインをかけられて呆然（ぼうぜん）としていた私に姫様がすまなさそうに声をかけてくださいました。

「姫様……」

そんな場合ではないのですがいろいろなことを吹っ飛ばしてでも姫様が謝られるのに感動してしまいました。いったい嫁ぎ先で何があったのでしょう。フローラ姫様から謝罪のお手紙をいただいてから今ではかなり文通していますがあの事件以来会っていませんでした。

顔つきを見れば分かります。姫様がご成長されたこと。随分と大人になって。

「実はフェリが出席すると聞いて無理やり里帰りさせてもらったのよ。そしたら案の定、意地の悪い奴らに捕まってるじゃない？　まあ、助けるほどでもなかったかもだけど。とにかくそれじゃ駄目だからドレスを着替えましょ。どうせ、そのダッさいドレス、アメリが選んだんでしょ？　この私がコーデしてあげるから感謝しなさいよ」

ああ、姫様だなと思いながら姫様に手を引かれていると真っ青な顔をして私を探していたと思われるアメリ様がいました。

「お姉様!!　まあ！　どうなさったの！　フローラ！　あんた！　何したの！」

「お、落ち着いてください。アメリ様。ドレスを汚したのはあちらで揉めてるご令嬢方なのです。フローラ姫様はあの人たちから私を守ってくださったのです」

「……え。フローラが？　まさか！」

「ちょっと、相変わらず失礼ね！　これでも改心したんだから！　フェリにも謝って許してもらってるわ！　もう時間がないからあんたの選んだダッさいドレスを着替えさせるわよ。そっちの部屋借りるわね。ポルカ！　ちょっと、赤い箱持ってきて、ほら、一緒に持ってきたでしょ？」

姫様にポルカと呼ばれた女の子が軽やかに走り出すとすぐに赤い箱を持って帰ってきました。どうやら今の姫様に仕えている侍女のようです。色黒で茶色の髪、目がくりくりとしていて可愛い子です。身のこなしが軽そう……なかなか主従関係が上手くいっているようでそこには信頼のようなものが見て取れます。

私とは築けなかっただろう関係にちょっとだけ嫉妬してしまいそうです。

それから部屋に入るとポルカが私を丁寧な手つきで着替えさせてくれました。赤い箱にはどうやら姫様が手がけたドレスが入っていたようです。

「姫様が考えたデザインですか？」

「そうよ。元々フェリにあげるつもりで持ってきたからちょうどよかったわ。アメリ、どう？　これがコーディネイトってものよ」

「正直、悔しいけど、お姉様の魅力が最大限引き出されていると思う。凄い。伊達に湯水のように服にお金をかけていたわけではなかったのね」

「うるさいわね。あんたって昔から口うるさくて一言多いのよ。ほんとラメルの妹だわ！　言っておくけどこのドレスはそんなにお金はかかってないの。今は辺境の地で道楽とはほど遠い生活してるんだからね。私は慎ましく、清貧な精神で過ごしているわ！　でも、だからって手間は惜しんでないわよ？　そのうちこれで一儲けするんだから、フェリ、とりあえず宣伝のためにも胸を張って着てちょうだい」

「よく一儲けするってはっきり言いながら『清貧』なんて言葉使えたわね。恥ずかしいと思わないの!?　しかもお兄様たちに宣伝させるために来たんじゃない！」

「まあまあ、アメリ様。わざわざ私のためにはるばるお越しになってくださったのです。とても姫様らしいです。このドレス、お腹周りをゆったりと作ってくださって嬉しいです。産後まだコルセットは正直きつくって。細やかな心遣いができるなんて姫様は本当に成長されましたね」

「……いろんな侍女が私についたけれど、化粧や衣装を褒めてくれたのはフェリだけだったと気づいたのよ。ま、ラメルといるだけでも嫌でも目立つでしょうから宣伝よろしくね」

きめ細やかなレースが上品に首元からゆったりと重なり合いながら足元まで広がっています。腰回りをあえて強調しないデザインで、私のような出産後の体もすらりとみせてくれます。落ち着いたベージュがベースのドレスにレースはグラデーションの色がついていて、薄いピンクから落ち着いたピンクに染めてあるようです。たとえ材料が安いと言っても手の込みようはどんな高級品にも負けない出来でしょう。

お好きなことが思いきりできていらっしゃるようで、なんだか感動してしまいました。

「動かないでよ。今日は特別に化粧も私がわざわざしてあげるんだから」

そう言うと姫様はお化粧品の入った箱を取り出しました。それは私が仕えていた頃の何倍もサイズが大きくなっています。

「ふふふ。ラメル。狼狽(うろた)えるがいいわ。私が完璧に仕上げてやるんだから」

姫様にそんなことをさせるだなんてと思いましたが、生き生きしている姫様を見て、そんなことは些細(ささい)なことだと思いました。そして姫様の手で私は化粧を施されてラメル様の待つ会場に向かったのです。

＊＊＊

「……」

ラメル様のこの顔を知っています。これは、あの、悲惨な結婚式を思い出させられる顔です。そう、こんなふうに下から上まで私をジッと見て、そして無言を貫くのです。

こんなに手間をかけてもらって姫様には申し訳ないのですが、一気に気持ちが落ちた私はいたたまれない気持ちになりました。

「実はフローラ姫様がコーディネイトしてくれたのです。少し、アクシデントがあって仕立てていただいたドレスが着られなくなってしまって」

話しかけますがラメル様は微動だにしません。フローラ様は最高の出来だと豪語してらっしゃったし、アメリ様も似合っていると言ってくださっていたので少しは褒めてくれるかと期待していたのですが……嘘です。とてもショックです。大げさに褒めていただけるかと思っていました。

「え、アクシデント、ですか？　大丈夫だったのですか!?」

アクシデント、と聞いて弾(はじ)かれるようにラメル様が心配そうな声で私を見直しました。

「ええ。それが、なんと、フローラ姫様が助けてくださったんですよ!?」

「それもフローラが……それは後でお礼を言わないといけませんね……」

「この服も髪飾りも。フローラ姫様がプレゼントしてくださったんです。お化粧もですよ？」

「そう……」

「あ、の……」

どんなに誰かに褒められても、ラメル様が気に入らないのなら意味がないものなんだと改めて思います。やはり用意してくださっていたドレスを汚してしまうなんて大変申し訳ないことですし、怒っておられるのかも。ちょっと、私、泣きそうかもしれません。

「フェリ……」

「はい」

「屋敷に帰りましょうか？」

「やはり、せっかく用意してくださったドレスを駄目にしてしまって怒っておられるのですか？」

「いえ。そうでなくて」

「そうでなくて？」

「今すぐ貴方を愛したくて仕方ないのですが」

「……は？」

「とても、似合っています。けれどそんな美しい貴方を他の男の目に曝したくありません。今日はもう、帰りましょ……」

パコーン!!

何を言い出したのかと驚いているとラメル様がアメリ様に頭を扇子ではたかれていました。とっても痛そうですが、大丈夫でしょうか!?

「黙って聞いていればお兄様、何を言い出すのですか。駄目ですよ、今日はちゃんとお姉様をエスコートして様々な噂を否定して歩いていただかないと！　でないとまたお兄様の妻の座を狙うハゲタカ令嬢たちにお姉様が狙われます！　しっかりしてくださいませ！　普段の冷静なお兄様を連れ戻してきてくださいよ！」

「え、と。あの、ラメル様は怒ってらしたのではなく？」

「綺麗になったお姉様を見て興奮してるだけです！　ほら、結婚式の時も使い物にならなかったのを覚えてらっしゃらないですか？」

「え。あの時も、てっきり不機嫌になっておられたのかと……」

「違います！　これでもテンション上がりまくってるんですよ。式の時も指輪の交換の際に間違えて自分用のサイズの大きい指輪をお姉様に填めようとしたでしょう？」

「え、あれ、そうだったのですか……？」

「そうですよ。さあ、馬鹿なこと言ってないで会場に行きましょう。お兄様、しっかりしてくださいませ」

「大丈夫です。さあ、フェリ。なるべく男どもとはしゃべらないように」

「嫉妬する男は見苦しいですよ」

「そんな……嫉妬するのは私の方です。あ……」

思わず言ってしまって口を手で押さえるとその手を包み込まれて……。


ちゅっ。


「え」

ちょっとした隙に軽く……軽くですが、今、キス、キスしましたよね!?

「さあ、急ぎましょう。お母様たちもお待ちですよ」

アメリ様には気づかれていないようでしたが、ちょ、ラメル様……。本当にテンション上がっていたのですね……。なんだか、急に私も嬉しくなってきてしまいました。結婚式の時も……喜んでくださっていたなんて。もう、ニヤニヤが止まりません。


腰に置かれたラメル様の手が力強く私に勇気をくださいます。会場に入った時、ラメル様と並んで入った私を見てどよめきが起こったのは姫様渾身のドレスのお陰だと信じたいです。手始めにとラメル様はソテラ家の親戚の方々に私を紹介してくださいました。

「おお、ラメルくんが隠していた奥方か。こんなに美しいならそれは隠しておきたいか」

「ええ。こんなにも美しく着飾った妻を見せるのはもったいないので私はすぐにでも連れて帰りたいのですが仕方なく皆様にご紹介します」

「……」

「ラ、ラメルの妻、フェリです。どうぞよろしくお願いいたします」

「いやあ、驚いたよ。ラメルくんの口から情熱的な言葉が聞ける日が来るとは思わなくて。さすがは愛妻家のソテラ家の男。ああ、こちらは……」

『初めまして。ロネタ国のゼパルと申します。隣にいるのは妻のセゴアです』

『初めまして。ラメル＝ソテラの妻、フェリです。いつも夫がお世話になっております』

「え。フェリさんはロネタ国の言語を使えるのかい？」

「ええ。会話程度ですが」

『貴方の言葉はとても流暢です。セゴアが実はホームシックでね。こちらに滞在している間に是非お友達になってほしい』

　国賓のゼパル第二王子にそう言われて隣を見るとラメル様が私を見て頷きました。

『ええ。私もお友達ができれば嬉しいです。今度お茶に誘ってもいいですか？』

　そう私が返すとセゴア様が嬉しそうに私を見た。

『私はこちらの言葉がまだ上手く使えなくて……フェリ様がお友達になってくださったらとても嬉しいです。お誘いお待ちしてます』

「おお。フェリさんは美しいだけでなく聡明なのですな。ラメルくんが羨ましい」

そんなお世辞も言ってもらえたり、お友達ができたりと私も嬉しい限りです。

私のことを遠巻きに見ていた人々もわらわらと近寄って私とラメル様を観察していきます。明らかに蔑んだ目の人もいれば面白そうにする人もいます。悪意を感じてくじけそうにもなりますが隣にいるラメル様に励まされてなんとか頑張りました。

「ソテラ公爵の長子ラメル様の奥さまですか？」

「は？」

「これはこれは百合(ゆり)の花のように美しい」

「……」

公爵家に嫁ぐとどういうわけか私もモテます。名前も知らないくせに口説きに来るとかどういう神経をしているのか分かりません。おかしなもので結婚する前女性は酷く処女性を求められますが結婚後、しかも子を成した後は割と奔放に遊ぶ方もおられるのです。

「どうです？　ゲストルームの私の部屋に遊びに来ませんか？」

侍女の時には王妃様を口説いてくる色男たちを見てまいりましたがまさか自分にこんなことが起こる日が来るとは驚きです。ラメル様がちょっといない隙を狙ってお忙しいことです。

「嫁いだと言っても後ろ盾はないのですよ。私の愛人になってもなんの旨味(うまみ)もありませんよ」

蜂蜜色の髪はラメル様より少し明るく見えます。美男子なのでしょうけれど、ラメル様を至近距離で見ることに慣れた私にはうすぼんやりとした顔に見えます。

「はは。貴方のような美しい人とひと時過ごせるなら何も要りませんよ。私はニコラスといいます。以後お見知りおきを」

手を取られそうになったのを後ろに引いて拒否しました。お義母様に貰(もら)った危険人物リストには載っていない名前でした。がっしりしているので騎士でしょうか。私はまだ帰ってこないラメル様がこっちに来たように手を挙げました。するとニコラスと名乗った青年は慌ててどこかへ消えていきました。

まあ、粘らないだけ賢いといったところです。しばらくしてラメル様が戻ってきたのでホッとしました。

「今日はミシェル妃は欠席だったのですね」

結婚してから何かと良くしてくださるミシェル様がいればご挨拶しようと思いましたが今日は王太子のジョシア様だけしか見かけませんでした。

「ミシェル妃は……立て込んでいて来られなかったのです。いずれフェリには直接連絡が来ると思います」

ラメル様が歯切れ悪くそう教えてくださいましたが、その時はまた後日逢えたらいいな、と思うだけでした。

その後、お義母様の情報網のお陰もあり大したアクシデントもなく、無事にパーティを終えることができ、ホッとしました。ラメル様がぴたりと張りついて私を守ってくださってましたしね。

姫様のデザインのドレスも大好評で後で注文が殺到したそうです。そうそう、ドレスを駄目にしてくれた令嬢たちにも後に謝罪を受けました。何かよほど怖い目にあったのかフルフルと震えておられました。──まあ、せっかく作っていただいたドレスですので簡単には許すつもりはありません。それ相応の弁償はしていただきますとお伝えしました。

その夜は少しゆっくりできました。疲れましたがそれよりもやり遂げたという嬉しい気持ちが勝ります。今日は起きているうちにラメル様も寝台に上がってこられました。

「大丈夫でしたか？　疲れてないですか？」

ラメル様がそう言いながら、私を後ろから抱きしめます。包むように。優しく。

「大丈夫です」

「今日は妻を紹介するたびに皆に羨ましがられて大変でした」

そうだったのかな。と首をかしげてそれを聞きます。

緊張でいっぱいいっぱいでしたので相手の方の反応などは覚えていません。驚いたのは隙を見て男性が私に逢い引きを申し込むことでした。いちいちラメル様に撃退されていましたが、次期公爵夫人ともなればそんなお誘いも来るのですね。

「……ずっとお独りで頑張らせてしまって、ごめんなさい」

「いいえ。本当はまだ貴方を世間の目には曝したくはなかったのですが。上手く立ち回れずに申し訳ない」

「随分私をソテラ家に入れるために頑張ってくださっていたのですね。お義父様もお義母様も……ラメル様も。それが知れただけでも今日のパーティに出席できて良かったです。それに、私だってラメル様のお役に立ちたいのです。その……つ、つ、妻として」

「私にはもったいない妻です。フェリ。貴方は私の宝なのですよ。もちろんローダとともに」

「そんなに大切なものにしていただけるのですか？」

「貴方がソテラ家に来てから良いことばかりです」

「ふふふ。もしそうなら偶然ですよ」

「本当は貴方を皆に見せたくなくて早く会場から帰りたかったのです。私はとても我慢しましたよ？そこで、そんな頑張った私はジョシアに休みを貰えるように交渉しました」

「交渉？」

「ずっと忙しくて寂しい思いをさせたでしょう？　貴方と旅行に行きたくて頑張りました」

「え？　旅行ですか？」

「サージビーニへ一週間の旅です」

「そ、それは……里帰りさせていただけるということですか？　エモナル領ですよね？　でも、でも土地も痩せていて本当に何もないところですよ？」

「……フェリ。私たちはお互いを知らないままに夫婦になりました。ですから、恋人期間を楽しみませんか？　私は貴方が育った場所に行ってみたいのです。ローダを連れて旅行しませんか？」

信じられない。もう、実家には帰ることもないだろうと諦めていたのに。両親にローダを抱かせてあげられるかもしれません。

「ありがとうございます、ラメル様！」

思わず抱きつくとラメル様が嬉しそうに抱き返してくれました。嬉しさのあまり、ラメル様の頬にキスをしてしまいます。

「フェリからのキス……」

「あ、その……う、嬉しくて、その、はしたなかったですね。すみません」

「いえ。嬉しいです。貴方から貰えるものはどんなものでも嬉しい。今一番欲しいものはこの唇から零（こぼ）れる愛の言葉です」

「え？」

「愛してますフェリ。私の可愛い人」

「あ、え？」

「フェリ……」

「あ、あの……わ、私も」

「私も、だけですか？　私だって貴方に愛されているか不安なのですよ？　今日、貴方のことを羨ましく眺める男たちが何人いたことでしょう」

「え？　ラメル様も不安になるのですか？」

「当たり前でしょう。私は貴方を誰かに取られないように必死ですよ」

「そんなこと、ありえないのに……」

「貴方を誘う不届き者を排除したのは誰だと思っているのでしょうね？」

「ラメル様……」

そんなに愛してくださっているというのでしょうか。そんなの、嬉しすぎます。

じっとラメル様に見つめられます。面と向かって告白したことがあったでしょうか……。

「あ、愛してます」

私の小さな愛の告白にラメル様は少しだけ口の端を上げられました。その唇が私の首筋を下から上へと舐め上げます。

「もう一度」

「え？」

ピクリと自然に反り返る背中をラメル様の力強い腕が支えます。上がってきた唇が私の耳をついばんでいます。

「言って……」

耳元で囁かれる声が甘くて、切なく。

「愛してます……ラメル様」

余裕なくもう一度繰り返すとぎゅっと抱き込まれて私の唇はラメル様に食べられてしまいました。

ん、ちゅ。

ラメル様の舌が私の舌を確かめるように撫で上げます。口内を柔らかく探られて息が上がります。

「は……」

ラメル様に蕩けさせられてしまった私はもうふにゃふにゃで使いものにならなくなります。しかもローダが生まれてから夜の交わりはご無沙汰でしたので久しぶりの感覚に戸惑ってしまいます。

「フェリ、先に謝りますけど、ちょっと余裕がありません」

そう言うラメル様の高ぶりが太ももに当たっています。

「ラメル様……愛してます」

すでにラメル様の指が下穿きの中に潜り込んできて私も余裕はありません。あっという間に下着も取り払われてしまいました。

「分かってます？　フェリ」

「え……？　あ、う、ううんっ」

「ああ、私も愛してます。フェリ、好きです」

「らめるさ……ま。好き……」

「可愛い……フェリ。フェリ……」

愛撫もそこそこに、ですがもう十分潤っていた秘所にラメル様が潜り込んできます。私の体を押し開き、奥へと刺激を与えながら二人を繋げるために深く進んでいきます。

「フェリ」

「あっ、ああああっ！　ら、らめる……さ……!!」

再び唇を唇で塞がれたまま、下半身が揺れます。背中のシーツが擦れるほど激しく中を暴れ回られてベッドがギシギシと揺れました。こんなに激しくされたことはありません。——いえ、そうじゃない。こんなにも激しく求められたのは初めての時以来です。

「あ、ああっ！」

何かにすがるようにして伸ばした手にラメル様の手が絡みます。離さないように、外れないように。今は媚薬などの効果もないというのに、激しく、お互いを求めてしまっています。

ああ。

愛しています。

ラメル様。

誰よりも。貴方を。

奥を何度も刺激されて揺さぶられて頭が真っ白になりました。こんなに激しく達せられたのも初めてです。

ハアハアと息を整えているると中で放たれたラメル様も荒く息をしながら私の中から出ていかれました。

「だ、駄目……」

ラメル様が私の秘所から流れる自分の精液を指で探っています。恥ずかしすぎて軽く死ねますが、足を閉じようとしても間にラメル様が陣取っているのです。

「見ないでください……恥ずかしいです」

「子どもは大歓迎なのですが、もう少し恋人気分を楽しみたいです」

「一児の父なのに、ですか？」

「二児の父になる前に、もう少しだけ、です。貴方の中はとても気持ちがいいものですから。またすぐにお預けになりたくないのです」

「……え、や、やあんっ」

そういってラメル様が私の中に放った精をくちゅくちゅと派手に音を出しながら指で掻き出し始めてしまいました。

「そんなっ！　あああっ！」

絶対、絶対掻き出す以外の指の動きが混じっていました！

酷いです！　そうしてまた私を高みに上らせたラメル様が私に言うのです。

「次は優しくしますから。避妊具もちゃんとつけます」

と。

その後は涙目の私に『可愛い可愛い』と甘言を繰り返しながら結局朝まで私を離してくださいませんでした。

私がラメル様の甘い言葉に弱いのを知っておられるのです。ずるい……。久しぶりに、そして激しく抱かれた私は疲れのためか次の日は昼過ぎまでベッドの住人になってしまいました。

＊＊＊

「うわ～、愛されてますねぇ。フェリ様」

やっと起き上がって身支度を整えてローダの様子を窺ってから部屋に戻るとサージビーニ行きをオリビアに話しました。

「そう、思う？」

「いやぁ、私も初めて見た時には分からなかったけれど、恥ずかしげもなくフェリに愛を叫んでいるのを聞いて、あーこの人フェリが相当好きなんだなーって思ったわよ。あっ……フェリ様、だった」

「今は二人だから、フェリで良いわよ。そんな、ラメル様だって皆の前では愛なんて叫んでないでしょうに」

「皆の前では……ねぇ。ごめん、叫ぶってのはちょっと盛ったわ。でも無表情な分、惚気にしか聞こえない呪いのような愛をいつもフェリに語っているじゃない。結構独占欲あるようだし、そのギャップにいつも二度見しちゃうもん」

「そ、そう……なのかな？」

「そうよ。ったく、周りはむず痒くてしょうがないわ」

「そ、そう……？」

「フェリは色恋事には疎いものね。まあ、私も人のこと言えなくて失敗したけど」

「元旦那様のことはもう大丈夫？」

「なんかさ。私が次期公爵夫人の侍女になったらさ。散々私のことといびってた姑が手のひら返したみたいに帰ってこいって言い出してるらしいね。子供も作れない女は出ていけーって私を追い出したくせに。旦那……もう旦那じゃないけど、多分幼馴染だっていう女と再婚したけど上手くいかなかったんじゃないかな？　復縁したいって手紙が来るけど、それだけ。迎えに来るわけでもなければ、姑をどうにかするつもりもないんだもん。結局は人に頼る生き方しかできない人なのよ。はあ。もう関わりたくないよ。今となっては子供ができなくてよかったよ」

「優しそうだったのにね。でも結婚して二年にもならないうちに子供ができないからってオリビアを追い出すなんて鬼だよね」

「ババアは鬼で元旦那様は単に事なかれ主義の優柔不断な人だったのよね」

オリビアはどうしてもと言われて私と働いていた王妃様の侍女を辞め田舎の貴族に嫁ぎました。姑は子供ができないといびり尽くして大姑の世話をオリビア一人に押しつけたのだといいます。それでも旦那様を愛しているからと耐えていたのですがその旦那様も二年過ぎたくらいで『やはり幼馴染と一緒になるから離婚してくれ』と言い出してオリビアは身一つで追い出されてしまいました。知らない土地で酷いものです。そこへタイミングよく私の侍女を探していたラメル様がオリビアを見つけてこちらに呼んで雇ってくださったのです。

「もう男は懲り懲りだわ。フェリとラメル様の甘い生活を覗かせてもらうだけでいい」

「ちょっと、甘いって」

「甘いでしょ？　ほうら、今日の花束とカードが届きましてよ、奥様」

オリビアの私をからかう声を聞きながら向こうからダールさんが小さな花束を持ってくるのが見えました。あまり表には出ない方ですがなぜかこのラメル様のカードを届ける役目はダールさんなのです。

待ちわびたそれを気づかれないように平静を装って受け取ると前もって書いていた私のカードをダールさんにお願いしました。その様子をオリビアがニヤニヤと見ています。もう。

「ほんと、よく続くわねぇ。ごちそうさま！」

カードの中身を覗かれないように窓際に逃げ込んで読みます。『愛しのフェリ。今日は帰りが遅いので先に休んでいてください。昨夜の貴方は素晴らしかったですよ』――素晴らしいって!?　何が!?

短く書かれたそれを読んで慌ててしまいます。夜を匂わすことを書かないでいただきたい。たったこれだけのことですがドキドキしてしまいます。

「あら？」

カードを胸に当てて余韻を味わっているとお庭の方に人影が見えました。

「どうかしましたか？　愛が重すぎました？」

「そうでなくって。今日ってステア様の稽古日でしたか？」

「いいえ。お庭にステア様がいらっしゃるのですか？」

「ステア様ではなくて。レイナード様がいらっしゃいます」

「え？　王子様が⁉　お供もつけず？」

「お供も見当たらないですね」

「とりあえず、捕獲いたしましょう！　何かあったら大変です！」

「捕獲って、オリビア……。でも、確かに。参りましょう」

なぜか現れたレイナード様。そっと後ろから近づくと。オリビアがレイナード様をガシッと捕まえました。

「は、はなせぇ！」

「オリビア、別に悪いことをしているのじゃないから。そんなにがっつり捕まえなくても」

私が言うとオリビアはレイナード様の肩から手を離した。

「レイナード様、今日はお稽古の日ではないですよね？　どうされたんですか？」

「う」

「もしかして黙ってお城から出てきてしまったのですか？」

「……」

「オリビア。すぐにラメル様に連絡して」

「！　連絡するな！」

「そういうわけには参りませんよ？　黙って抜け出されたとなると皆心配します」

「……どうせっ、母様たちはこない。ティアラの方が大事なんだからな！」

「レイナード様……」

レイナード様が小さな手を力いっぱいに握り込んでいます。下を向いて震える肩をポンポンと軽く叩きました。

「レイナード様、私、こう見えてチェスが得意なんです。お教えしましょうか？」

そう言うとレイナード様はきょとんとして私を見ました。

庭から捕獲したレイナード様を応接室に移して私はチェスのボードを出してきました。

三回勝負して三回目に勝てたレイナード様は子供らしく喜んでおられました。ラメル様からレイナード様は素晴らしい頭脳をお持ちであると聞いていましたが実際に目の前で見るとその素晴らしさがよく分かりました。一度の説明でルールを理解し、たったの三回目に私に勝てたのです。

家庭教師たちがどんどん変わっていったという噂は聞きましたが気難しいという理由かと思っていました。学力をレイナード様に合わせると変えていくしかなかったのでしょう。

私に勝てて得意げになったレイナード様がマカロンに手をつけた時、やっとラメル様が先導して王城からレイナード様のお迎えが到着しました。

「ラメル様……」

私が言いたいことが分かっているのかラメル様が首を横に振りました。それを見て私も黙ります。

私はダールさんに伝えたのです。『できればミシェル妃に迎えに来てほしい』と。

迎えに来たのはレイナード様専属の乳母の方でした。レイナード様の僅かに上がっていただろう気分が落胆に変わったのが見て取れました。彼なりの精一杯の抵抗だったのでしょう。

その夜、私はラメル様に詳しい事情を聞きました。

「ジョシアとミシェル妃との間に二人の子がいるのは知っていますよね。長男はレイナード、長女はティアラです。ティアラはローダより半年ほどお姉さんです。公には隠していますがミシェル妃の産後の肥立ちが悪くて今は公務もままならないのです」

「ミシェル妃が……ご容体は？」

「随分良くなったのですよ。ジョシアが上手く立ち回っているので臥せっていることはごく一部の者しか知りませんが最近ではベッドから出られるくらいには回復しています。けれどまだなかなか子供のことまでは手が回らないのでしょう。数度、面会はしていたみたいですがティアラが癇癪もちでレイナードのことがおざなりになっているようです」

「そんなご事情があったのに迎えに来てほしいなど……」

「フェリは知らされていなかったのですから。それにレイナードのことを思って言ってくれたのだと分かっています」

「私がミシェル妃の容体のお話を聞いても良かったのですか？」

「今回フェリに話すことはジョシアに了解を取りました。ミシェル妃の容体も落ち着きましたしね。結婚してからジョシアはミシェル妃一筋なんですが周りはそう思っていないですから何かと面倒なのです。レイナードがフェリに懐いていると聞いてミシェル妃もフェリに逢いたいとおっしゃっていましたから近々連絡があると思いますよ」

改めて聞いたお話は思いもよらないものでした。妹ができて突然母親と会えなくなった小さな六歳のレイナード様は母親を妹に取られてしまったと思っているのかもしれません。ミシェル妃も体調さえ悪くなければレイナード様を可愛がりたいでしょうになんだかかわいそうです。

ローダの頬をつつくと身じろいてからミルクを飲んでいる夢を見ているのか口をもぐもぐとさせていました。はあ。癒されます。きっとレイナード様もこの癒しを求めてソテラ邸を訪れるのでしょうね。

そうしてミシェル妃にお茶に誘われたのはそれから一週間後のことでした。

「こんな格好でごめんなさい。逢いたかったのよ、フェリ様。レイナードが随分貴方にお世話になってるそうでありがとう。気難しいでしょ？　あの子が家族以外に心を許すなんて珍しいのよ？」

お茶をと誘われて行ったサロンでミシェル妃は椅子にもたれかかるように座り、ショールを肩に、毛布を膝にかけていました。以前のハツラツとした様子は見受けられません。

「体調はいかがなのですか？　無理なさらなくてもお部屋に伺いますのに」

「この日の当たるサロンが好きなの。それに少し大げさなのよ。ジョシアが過保護なものだから。少しずつ体も慣らしていかないとね。フェリ様がローダを産んでから是非ティアラと引き合わせたかったのだけど、体調が良くなくて」

「そんな、お気になさらず。今は養生なさってください。それに素敵なお祝いを頂きました。ユニコーンのお人形はローダのお気に入りです」

「そう！　嬉しいわ！　私の祖国では女の子が産まれたらユニコーンの人形を贈るの。ティアラとお揃いなのよ」

「まあ。素敵ですね」

「――この間はレイナードを迎えに行けずに申し訳なかったわ。あれからレイナードが口をきいてくれなくなったの。体調の良い時は子供たちと対面していたのだけどティアラが大抵泣きっぱなしだからレイナードとは話もできなくて」

「ソテラ家にいらっしゃる時は変わった様子はありませんでした。今は寂しくて拗(す)ねていてもレイナード様は聡(さと)い方ですからきっとミシェル様がお元気になれば分かってくださると思います」

「そうだと嬉しいわ。フェリ様、いきなり呼び出してお願いするのもなんだけどレイナードのこと、しばらくお願いできないかしら？　城にいると周りの者に当たり散らしてティアラを虐(いじ)めているようなの。少しだけソテラ家に行く回数を増やしてもらうだけでいいの。主治医もそろそろ床上げしても良いと言っているから私が動けるようになるまでの間でいいから」

「大丈夫です。お預かりします。ミシェル様は無理なさらないように」

「ええ。ありがとう」

随分痩せてしまったミシェル妃を見てご公務も出られていないのも無理はないと思いました。きっともうしばらくは王太子もミシェル妃を外には出さないでしょう。

「ローダに逢いたくなったな」

腕にローダを抱きたくなって、真っ直(ま)ぐ(す)ローダのところへ戻りましたが、やはりローダはぐっすりと眠っていました。これって大丈夫なのかしら……。

次の日からレイナード様がソテラ家に訪問する回数が増えました。私の生活にレイナード様のお世話も組み込まれましたが、彼は天邪鬼なだけで、なんでも自分でできる王子様です。そのうちレイナード様がローダのお世話もするようになりました。
ローダの魅惑のほっぺをつつくレイナード様を見て、ティアラ様とこうやって過ごしているのが本来の姿だと思うとなんだか切ないです。ローダはお世話してくれるお兄ちゃんができてお得なのでしょうけど。

レイナード様がローダに構うようになってそれを気に入らないのがもちろんラメル様です。

「レイナード王子、貴方ではまだローダを支えるのは難しいのですから抱っこはまだ早いですよ」

「抱っこは危ないがソファで隣に置いて支えるだけだから大丈夫だ。フェリも見てくれている。それと。ラメル。僕は王子って呼ばれるのは嫌いだ」

「嫌いだろうがなんだろうが王子なのですから仕方ないでしょう。ご自覚なさい。まずはステアのところへ行って体を鍛えてこられたらどうですか？　さあ、ローダ。お父様のところへおいで」

少しの間座れるようになったローダですが、さすがにレイナード様が抱っこするのは危ないので禁止させていただいています。

けれどもどうしても構いたいのかレイナード様は、あれこれ提案してはローダを自分の側に置いておきたいようで今はソファの上に私とレイナード様でローダを挟み、落ちないようにレイナード様が支えるといった感じで過ごしています。それを見て大人げないのがラメル様で、暇を見つけて来てはローダをレイナード様から奪い返しています。

「くー!!」

　レイナード様が悔しがるのを横目にローダを抱き上げるラメル様。少なくとも王子をお預かりしているのですからもう少し大人の対応をしてほしいものです。

「ラメル様、大人げないですよ」

「フェリも酷いです。ソファでローダを挟んで座るなんて、レイナードの場所は完全に、わ・た・し・の場所ですよね⁉」

「え……」

「これは、誰に聞いても非難されるのはフェリだと思いますよ？」

「……」

　六歳の王子相手に？　いえ。思いません。私を含めて誰も。口には出しませんが。

「ところで、お休みが来週から取れそうなのです。準備をしましょうね」

「本当ですか⁉　嬉しいです」

「来週ってなんだ？」

「ああ。レイナード王子はライカのところへ行くことになっていますから」

「ライカ様というと第二王子の？」

「ええ。ジョシアの弟です。レイナードの叔父さんですね」

「新婚ではなかったですか？」

「そうですね」

「……。エモナルは何もないところですが自然がたくさんあります。レイナード様が普段行かれるような豪華な施設は皆無ですが、ラメル様が別荘も建ててくださったのでレイナード様も一緒に連れていかれては？」

「フェリ……我が家も新婚なのですよ？」

「……」

諭すようにラメル様が私に言いますが新婚というのはいつまでのことをいうのでしょうか。

確かに王太子の長男をお預かりするのですから気軽なことではありませんが、ラメル様と一緒であれば移動中の警護も万全でしょうし、何よりミシェル妃に頼まれているのに数カ月前に結婚したばかりの第二王子にレイナード様をたらい回しにするのは良くないと思います。

「フェリ。僕も行きたい」

「レイナード様も行きたいとおっしゃっていますよ？」

「……」

「ラメル様は心の広い素敵な方ですよね？」

「……」

「世界一、素敵な男性です」

「誰に、とってです？」

「え？」

「その世界一素敵な男性というのは私が望む目の前の女性がそう思っているということですか？」

「……あ、当たり前ですよ。私にとって世界一素敵な男性です。ローダには世界一のお父様です」

「よろしい。レイナードがいい子にしているというなら連れていきますがどうしますか？」

「……いい子にする」

「フェリ。今夜は早く帰りますからね」

「え……」

「こうなることを見越して来週に休暇を設定したのでしょう。ジョシアも締め上げておかなければ」

「……」

ちゅっ。

お昼の休憩が終わり、レイナード様に見せつけるように口づけをして立ち去るラメル様をローダを受け取りながら呆然と見送りました。

「……フェリ、ありがとう」

ぽつり、とレイナード様が初めて素直に私にお礼を言ってくれました。輝くような笑顔のレイナード様にそう言われて、ラメル様に提案した甲斐(かい)はあったのですが……なんだか今夜が恐ろしい。

そうして旅行にレイナード様を連れていくことが決まったのですが、その晩は散々、ラメル様が納得されるまで『愛の言葉』を捧(ささ)げなければなりませんでした。

＊＊＊

「フェリ様、本当に申し訳ないけれど、レイナードをよろしくお願いします。ジョシアが魔王が降臨したって言ってたけれど大丈夫だったの？」

サージビーニに出発する日、ミシェル様がティアラ様を連れて見送りに来てくださいました。

「……ええ。……まあ」

魔王が納得するまで朝まで代償を払わされましたが……。

「ごめんなさいね。できればジョシアと一緒にレイナードを迎えに行こうと思ってるから」

「そうなればきっと大変喜ばれます。お待ちしてますね。……でも、無理なさらないように」

「ええ。ありがとう」

ミシェル様が儚く笑います。なんでもないふうに立っておられますがきっと無理をされているはずです。

「レイナード。ラメルの言うこともちゃんと聞くのよ？」

「うるさい！　母様はティアラと城へ戻ればいい！」

ミシェル様と乳母の胸に抱かれた妹を一瞥してレイナード様はツン、とお顔を背けました。ミシェル様もその態度にため息をつくしかありません。こうやってわざわざ見送りに来たのですからミシェル様もレイナード様を邪険にしたいわけじゃありません。何か解決策があればいいのに。

「それでは行ってまいります」

寂しそうな表情のミシェル様にかける言葉も浮かびませんでした。

ラメル様の手を取って馬車に乗り込みます。ラメル様、レイナード様、私とローダ。その乳母のチェリカにオリビアが乗り込みました。護衛のため馬車が前後に二台ずつ。さすがに王家と連なる公爵家と王子を乗せていくというのは大変なことです。

ラメル様との結婚後に実家は建て替えられ、ゲストハウスも整えられていると聞きます。これだけの人数が収容できるというのですから、両親から手紙で報告を受けているよりも立派な施設が出来あがっているのではないでしょうか……あんな貧相な土地を良くしてもらって今から見るのが怖いです。

「到着まで時間がかかりますから寝ていていいですよ？」

ローダの眠る籠を覗き込んでいたレイナード様に声をかけると、なぜか隣にいたラメル様が私の肩に頭を置きました。

「……」

「ラメル様はここのところお仕事が詰まっていましたからね。お疲れなのでしょう。フェリ様。こちらの膝掛けをお使いください」

オリビアが膝掛けを渡してくれます。魔王様はまだ王子と張り合う気でいるみたいです。

「ラメル様、お膝をどうぞ」

そう声をかけると、いそいそとラメル様が私の膝に頭を置かれました。

六歳の男の子に胡乱(うろん)な目で見つめられながらの堂々たる態度です。けれど、そうですね。この旅行のために一番頑張ってくださったのはラメル様ですものね。この世界一素敵な旦那様をねぎらってあげませんと……えと、ちょっと洗脳されてるかしら……。

愛しい蜂蜜色の髪を撫でながら、馬車はサージビーニのエモナル領を目指しました。

＊＊＊

三度の休憩を挟んでそろそろ着く頃かと窓の外を窺います。

「あら？」

随分揺れがマシなのはきっと性能のいい馬車のせいだと思っていましたがどうやら道も整備されているようです。まさか、そんなところまでって言いませんよね？

しかも、ど田舎に向かっているはずですが、人通りが増えているのです。自慢ではないですが自然と空気が良いところしか褒めようがないのがエモナル領なのです。

じっと窓の外を観察していると膝が軽くなりました。

「ラメル様……これは……」

「以前、エモナル領を観光地に開発しようとした人がいたみたいでね。その人の計画に出資することにしました。少し手は加えましたが」

「……まさか」

「私は採算の合わないものにはお金を出したりはしません。貴方の読み通りの場所から温泉も無事に出ましたよ？」

「あれは！　あの計画書を、まさか、両親が、見せたのですか!?　あんな子供の夢物語を」

「フェリが十三の時に書いた計画書だそうですね。十三歳の子が書いたとは思えないくらい上手くできていました。資金繰りや見通しの甘い金額面は訂正させてもらいましたけれど」

「……」

「ご両親は貴方を学校に行かせられなかったことを後悔されていましたよ。とても、優秀だったのにと」

「ラメル様……」

「勝手にしたこと、怒りますか？」

「いいえ！　夢みたいです。大好きです！　ラメル様！」

「私も貴方をとても愛してます。さあ、そろそろ着きますよ。完成してからは私もちゃんと見てないのです。一緒に見て回りましょう」

馬車から降りる頃にはもう日が落ちていましたが、宿泊施設やその沿道の食事処の明かりで幻想的な風景を醸し出していました。眠っていたレイナード様を起こしてローダをラメル様に抱いてもらいました。

そこはもう私が育った痩せた土地の殺風景な場所ではありませんでした。農作物もあまり育たない土地。痩せた土地でも育つ植物がないかいろいろと試したこともあります。そんな時、スパを作って観光地にして大儲けしているところがあると何かの文献で読み、これだ！　と計画書を書いたことがあったのです。高等部へは行けませんでしたが中等部の卒業の課題として仕上げ、その年の最優秀賞に選ばれました。その時は両親も大変褒めてくれました。

「実は温泉が湧き出るとした場所はあてずっぽうだったのです」

小声でラメル様に白状すると、

「……一応地質学者に見てもらってから掘りました」

とラメル様も白状されました。

屋根のついた温泉を飲むための施設も作られていてコップを持って歩いている人もいます。

「ようこそ、ソテラ様」

久しぶりに聞く声に顔を上げると両親が出迎えてくれていました。

「一週間ほどお世話になります」

「もちろんです！　どうぞお寛ぎください。足りないものがあればなんなりとお申しつけくださいませ」

「さ、フェリ。ローダを抱かせてあげるといい」

「はい。ラメル様」

そっとラメル様から受け取ったローダを顔が良く見えるように抱き上げます。顔をしわくちゃにして両親が喜んでローダを見つめました。

「ちいさいねぇ。フェリによく似ていること」

「かわいいねぇ。瞳の色はラメル様だな」

「どうぞ、抱いてあげてください」

そういうとおずおずと父は拒否して母がローダを受け取りました。

「ローダ、おばあちゃんですよ」

ローダがじっと母を見てから笑います。その笑顔に二人とも溶かされてしまいそうです。こんな親孝行までさせてもらう私はなんと幸福者なのでしょうか。

「皆様、お疲れでしょう。それぞれの宿にご案内します」

父がそう言って皆の旅の疲れを労いながら案内してくれました。エモナルの屋敷はとても立派になっていました。

「まるで別の屋敷に来たようです」

ギシギシ言っていた床板はふかふかの絨毯(じゅうたん)に変わっています。屋敷自体も増築されているようですが裏庭のあった場所にゲストルームが作られていました。

「いろいろとすごすぎて何も言えません」

驚きすぎてもう、何から感想を言えばいいか。

「フェリに喜んでもらおうとこれでも張り切ったのですよ」

「嬉しすぎて、なんとお礼を言っていいか分かりません」

「貴方から頂いているものに比べたら大したことはありません。ちゃんと利益も出ていますし」

「でも、言わせてください。ありがとうございます。ラメル様」

感動しているとラメル様との距離が近くなっています。最近この流れが読めるようになってきた私です。

「おいおい、うちの両親でももう少し周りに気を使うぞ？」

少し体をずらしてラメル様の攻撃を避けているとレイナード様が訴えました。そのご意見はごもっともだと思います。私もいつでもどこでもキスするのは良くないと思うのです。

「荷ほどきが終わったらお食事をいたしましょう。用意してくれているみたいですから。両親も楽しみにしています」

「……そうですね。あ、この離れは私とフェリで泊まりますから。ローダとレイナードと他の皆さんはそちらへ」

ゲストハウスは平屋が数棟繋がった形です。どうやら私とラメル様以外は本邸に部屋が用意されているようです。というか私の実家なのに私よりもここのことに詳しすぎませんか？

「親子三人で過ごさないのですか？」

せっかくなのにとラメル様に声をかけるとラメル様が小声になりました。

「それも、魅力的ですけど、レイナードがこちらでも自分をのけ者にされると思ってしまいませんか?」

「は、配慮が足りませんでした」

「いえ。それに私たちは恋人期間を楽しむべきです」

「恋人期間……」

なんだかレイナード様のことを建前に上手い具合にことを運ばれている気がするのですが。普通は公爵家ともなると親子三人で、なんてしないものですよね。私の我がままを聞いていただいてローダとの触れ合いも許してもらっていますが、公爵家の大切な子と王子なのですから本邸でしっかりと守っていただいた方が良いのでしょう。

荷ほどきが終わって皆で食堂に向かいましたが、以前では想像もできないような豪華な食事でした。しかも、鹿肉や猪肉(ししにく)と言った普段は農作物を荒らしている動物を捕獲して肉を特産品として調理していました。これはラメル様のアイデアだそうで、試食の意味も込めて食卓にのぼっていました。『田舎でしか味わえない』魅惑的な響きです。しかもスパには療養として来られる方が多いので『体に良い食事』をアピールする方がイメージが上がり、高級食材を無理に運んでくる必要もなくなります。その分、食器に気を使い見た目も美しく食べやすいスプーンやフォークなどの心配りがなされています。私はつくづく凄い方と結婚したのです。

「フェリ、貴方と旦那様のお披露目も兼ねて三日後に近隣の方々を招いてパーティを開くことにしているの。そうしたらここの宣伝にもなるだろうってラメル様も勧めてくださってね」

「近隣というと中等部の同級生などもですか？」

「ええ。中等部のお友達が貴方に会いたがっていましたよ。あ。ケイトもうるさくしてましたよ」

「ケイトは呼ばなくていいのに……」

　その名が挙がって私の眉間にしわが寄ります。ケイトはお金持ちの遠い親戚なのですが何かと私と張り合いたい困った人なのです。高等部を卒業してすぐに結婚したのでもう会うことはないとホッとしていたのに。ケイトのことです。ラメル様を見たら面倒なことを言い出すに決まっています。

　しかし、もう準備は終わっているようですし、今更私が何か言う雰囲気ではありません。せめてラメル様を守らなくては。ニコニコしている両親にこんなことなら学生の時にケイトのことを愚痴っていたらよかったと後悔しました。

「ラメル様にはお伝えしておきたいのです。三日後のパーティに来る予定のケイト＝フロンテスという遠い親戚の娘がいるのですが、多分私が素晴らしい夫を手に入れたことで相当嫉妬してくると思います。領地が潤っているのを見たら卒倒するかもしれません」

「素晴らしい夫とは良い響きですね。なるほど。では仲の良いところを見せつければいいのですね」

「えーと。そうなりますか？」

「それが一番ではないですか？　貴方に嫉妬するってことはあまり良い知り合いではないのでしょう？」

しかし、無表情のラメル様を見て果たしてどれだけ夫婦仲が良いと察してくれる人がいるか不安です。張り切っているラメル様には言えませんが……。

「……そうさせていただきます」

「ちなみにどんなことをされたのですか？」

「そうですね。まあ、私を馬鹿にするのはもちろんなんですが、私が青い服を着ていくと、それより上等な青い服を着てくる。仲良くしていた友達に私が悪口を言っていたと吹き込む、あと家が貧乏なことを言いふらすとか、でしょうか？　何かと張り合ってきて困りました」

「随分困った人ですね」

「まあ、服とか貧乏は仕方ないのです。友達は私のことを信じてくれましたから実害はないです。後は城の侍女の試験を受けて私の方だけ受かったことを逆恨みしてることとですかね」

「――つまらない話はやめにしましょうか。そうですね、フェリの楽しい同級生のお話をしてください。中等部の貴方がどんなふうに過ごしていたか知りたいです」

「ただの田舎の学生ですよ。小さな学校でしたから生徒数も少なくて、でもだから皆仲も良かったです。問題児はさっき話に出ていたケイトくらいだと思いますよ」

「中等部のフェリは可愛かったでしょうね」

「いえいえ。その時は日に焼けて真っ黒で男の子のようでしたよ。ラメル様には到底お見せできない風貌でした。釣りなんて毎日していたんですよ？」

「へえ。楽しそうです」

「ラメル様が興味を持たれるなんて意外です」

「そうですか？　前からやってみたいと思っていたんです」

「でしたら明日、やってみませんか？　その、良かったら、ですけれど」

「午前中は少し用事ができたのでそれが済んでから是非。他にはどんなことをしたりしたんですか？」

「他はそうですね。……もう、私のことばかりでは恥ずかしいです。ラメル様もお話ししてください。

――その、私もラメル様のことをたくさん知りたいのです」

だんだんと近づいてきたラメル様が私の太ももに手を置いています。あれ。こんなに近かったでしょうか。

「どうして貴方は私の理性を飛ばしてしまうのでしょうか」

「え？」

「一緒に温泉に浸かろうかと思っていましたが後でいいですね」

「あれ？　今、語り合う流れでしたよね？　それに一緒に温泉って、む、無理ですから！　む、んんっ」

テーブルで向かい合ってラメル様にお酒を注いでお話をしていましたよね。顎を引かれて唇を重ねられます。お酒の香りが私の口内で広がりました。

「フェリ、ベッドで語り合いましょう」

散々私の口内を犯してヘロヘロにしてからラメル様がそう誘います。頷く以外に正解があるのか私は知りません。もう、明日のためにお手柔らかにと願うだけです。

＊＊＊

「おーい！　来てやったぞ！」

次の日、明るい声で私に声をかけたのはラメル様の弟、ステア様でした。

「あら？　ステア様がはるばるこんなところまで来られたのですか？」

「そりゃ、レイナード王子がいるから来たんだけど。楽しそうだし」

そういうステア様の隣にいつぞやのパーティーで、私の愛人に立候補した彼がいました。ニコラスといったでしょうか。私が怪訝（けげん）な顔をして見たのに気づいてステア様が慌てて彼を私に紹介しました。

「これは同僚のニコラス。ゴードン伯爵の四男でな。今回王子の護衛を志願してくれたんだ。髪の色が俺と似ているから隊ではたまに間違えられる時もあるんだぜ」

「ニコラスです。初めまして。フェリ殿」

しらじらしい。今度は名前は調べてきたのかしら。またステア様がぺらぺらしゃべったのだろうけれど。とりあえず無視する以外にできることはないですね。

「王子のことをよろしくお願いします。ニコラス。ステア様、ラメル様にご挨拶されますか？　施設の不備が出て今少し見に行ってくださってますけれど」

「いいよ、いいよ。レイナード様いるし。よう！　元気にしてましたか？」

「たったの四日ぶりではないか」

「あれ？　どこ行くの？　ローダは？」

「ローダは私の両親のところで世話をしてもらっています。せっかくですからレイナード様を釣りに誘ったのです」

「へぇ。じゃあ、俺も行く。護衛がいる方がいいだろ？」

「まあ、そうですけど。オリビア……」

「昼食の用意を増やしてまいりますので少しお待ちください」

すぐに察してくれたオリビアを見送るとステア様が俺とニコラスが交代するからと、先についていてくれた護衛の二人を休憩させてくれました。

まあ、ステア様がいる前でニコラスも私には手は出せないでしょう。まだ愛人になりたいと思っているかも分かりませんしね。

「オリビア！　荷物は俺が持つぜ！」

ステア様がオリビアに声をかけるとオリビアが心底嫌そうに籠を渡しました。普段から『あの単純脳筋嫌い』と言っています。こんなことなら私がソテラ家を逃亡しようとした話をオリビアにしなければ良かったです。

多分、ステア様はオリビアを気に入ってます。ごめんなさい。ステア様。真実を語ってしまって。でも私も親友は売れません。

「ステアが来るとうるさい……」

レイナード様の呟きに思わず頷く私です。

「へえええ。綺麗なところじゃないか！」

「ステア様、お静かにお願いします。魚が逃げます」

屋敷の近くは全て綺麗に整備されていますがここはあまり手を加えられていませんでした。私が昔よく遊んだ川のままです。

「レイナード様、少し上流の方には沢蟹がいますよ？　そちらを楽しむならラメル様がいらしてからにしましょうね」

「そんなものもいるのか。しかし、まずは魚釣りをしてみたい。フェリ、教えてくれ」

昔私が使っていた釣り竿をレイナード様がしげしげと観察しておられます。年季の入った竿で恥ずかしいですが数々の大物も釣ってきたものですから使っていただけると嬉しいです。

リールから糸を通して針の準備をします。生き物の観察が好きなレイナード様を連れてきたのは正解だったようでサージビーニに着いてからというものレイナード様は生き生きとしています。

「僕にも教えてくれ」

目印と重りは私がつけましたが針のついた糸と竿の糸をレイナード様が私に教わりながら見事に結び、仕掛けの完成です。

「それでは、餌をつけます。生餌の方が食いつきがいいですが魚の卵とどちらにされます？」

「その選択肢はどういう意図だ？」

「私の経験上ここでの釣りは生餌がお勧めですがもちろん生餌のミミズは動いています。魚の卵は動きません」

「なるほど、まあ、僕は虫は平気だから大丈夫だろう」

では。とミミズが入っていた箱を取り出して針につける方法を教えました。レイナード様はなかなかの生徒ですが……。

「うへぇ。俺、嫌だ。俺は魚の卵にしよっと」

糸も結べなかったステア様はミミズもつけられません。オリビアも釣りの経験があったので餌づけからはステア様を任せたのですがまあ。初心者はこのくらいなのでしょう。

レイナード様に周りを注意して投げる方法を教えると川の流れに沿ってレイナード様が糸を投げ入れました。なかなか筋がいいです。

「どうして私に引っかけるんですか!!」

少し離れたところでステア様が投げた糸が後ろに立っていたオリビアの服を引っかけています。魚の卵のついた針を服に引っかけられたのですから怒るのも無理はないでしょう。

「フェリ、フェリ！　引いてる！　グンって！」

「わぁ！　かかりましたね！　もう少し竿を立てて、そうです！」

レイナード様の竿に魚がかかって大興奮です。手のひらくらいの魚が釣り上がると目の前で魚を針から外してバケツに放り込みました。

「凄いな！　楽しい！」

次は自分でやるとレイナード様が張り切ります。こんな生き生きしたレイナード様を見たのは初めてかもしれません。

レイナード様が次々と釣り上げられ、五匹目をバケツに入れた時、ラメル様が到着しました。ラメル様を見て私もホッとします。夫婦仲が良いことはきっとステア様からも聞いていることでしょう。ニコラスが私を変な目でみることはありませんでした。


「おや、たくさん釣れたのですね」

「ラメル！　見てくれ！　凄いだろう！」

「ええ。なかなかの腕前のようですねレイナード。おや？　ステア、来ていたのですか。なんだかあちらは険悪なムードですね……」

「ラメル兄さん！　皆、お昼にしよう！　なんだかもう飽きちゃったよ」

ステア様は少し前からそればかりです。

「ステア様は屋敷に戻られてはどうですか？　釣りは向いておられないようですし！」

オリビアの声が低いのが怖いです。ステア様は針をオリビアに引っかけてばかりですものね。あちらのバケツは空っぽですし。

「私も挑戦しようかな」

「こちらを使ってください」

もう仕掛けのついている竿をラメル様に渡します。レイナード様がラメル様に餌のつけ方と竿の投げ方を教えているのをくすくすと笑いながら眺めました。

バケツの魚が十四になったところで昼食にします。その辺りの石で適当に炉を組んで持ってきた炭で魚を焼きます。串に魚を刺すのはラメル様も手伝ってくれました。一連の作業を目を輝かせたレイナード様が手伝いながら眺めます。やがて私が毒見もかねて焼いた魚を先に食べるとレイナード様が齧（かじ）りつきました。

「うまい!!」

こうしているとレイナード様は年相応に見えて可愛いです。

「本当においしいですね」

ラメル様やレイナード様を釣りに誘うのは少し勇気がいりましたが喜んでいただけて良かったです。

「ちょ、骨どうするの？　俺魚苦手なんだけど」

「「「……」」」

ステア様の声に何しについてきたのだと言わなかっただけ褒めていただきたい。

＊＊＊

「レイナードはここへ来てからぐっすりと眠っているらしいです。彼の乳母が感動していましたよ。城ではずっと夜中に二、三回は起きていたらしいですから」

「そうだったのですね」

寝台に入りながらラメル様が話しかけてくださいます。明日は私の両親が用意してくれたパーティーがあるので早く寝ましょうと言ってローダにお休みのキスをしてから部屋に戻りました。

「癇癪も起こさないし、周りに意地悪を言うこともないみたいですよ」

「ここは田舎ですから、意地悪を言うだけ無駄です」

「フェリも、生き生きとしています。いつもより、素敵に見えます」

「そう言われると田舎者だとバレたみたいで恥ずかしいです」

「城での隙のない貴方も素敵ですが、太陽のように笑う貴方も良い」

「あんまり褒めないでください。けれど、平気な顔をしていてもレイナード様も六歳です。ミシェル様が恋しいに決まっています。なんとかならないものですかね」

「ミシェル妃も随分良くなったのだからもうしばらくしたら大丈夫でしょう。まあ王族の血が濃いレイナードの性格とティアラの癇癪が治るとは思いませんけどね。ローダが良い子なのはフェリのお陰です。貴方に似てくれて本当によかった」

「ローダもまだ零歳ですよ？　まだこれからのことは分かりませんよ」

「レイナードがローダを狙っていて困ります」

「狙っているって……六歳児に対抗しすぎです」

「明日は貴方のお友達に会えますね。楽しみです」

「私は少し不安です」

「ケイトって人のことですか？」

「ええ。それもありますが……」

「何か？」

「ラメル様が取られてしまわないか不安です。と、取られないにしても、その……」

「私はフェリだけですよ？　貴方しかいりません。明日だって皆さんに私が夫だと知らしめるつもりでご両親に提案しました。愛し合っている私たちを皆様に見せつけてあげましょうね」

「……そうですね」

美しい顔で私の愛しい人はこれ以上ない提案だというようにそう言います。

けれど、明日の招待客に普段のラメル様を知る者はいません。きっと、無表情で私の隣に立たれます。嬉しい時にこの口の端が僅かにピクリと動くのも、観察レベルでしか分かる人はいないでしょう。

ラメル様のオーラ的な何かで感じるアメリ様やお義母様ほどのレベルに達するには私でさえあと何年かかるやら……。

「不安ですか？」

「いえ……。あ、あの。実はラメル様にプレゼントがあるのです」

「え!?」

「いつも私が貰ってばっかりなので、姫様に相談したら、お店を紹介してくださって。色と素材は私が選んだんです」

私は思い切って銀色の箱をラメル様に渡しました。

実は前々から何かラメル様に贈り物がしたかったのですが、どうしていいかわからず、お義母様に聞いてみたら『タイ』がいいのではないかと言われました。そこで、そっちの方面にめっぽう強い姫様に相談するとオリジナルで作ってくれるという工房を紹介していただけたのです。

自分の瞳の色で作る人が多いと聞きましたが私は黒目です。光の加減では鳶(とび)色にも見えるので紫よりの落ち着いたグレーの細かい模様のついた生地を選びました。

ラメル様が箱を開けます。そして、じっとタイを見つめていました。

「ど、どうですか？」

こういう時のラメル様は大抵無言、無表情です。ローダを初めて抱き上げた時もこんなでしたから、少しは私にも耐性があります。

「どうかしましたか？」

ラメル様はおもむろに立ち上がってクローゼットへと歩き出しました。そして白いシャツとスラックスに着替えながらこちらに戻ってきました。私の目の前で最後のボタンが留まります。

「？？　お出かけになるのですか？」

「いえ。つけてください」

「は？」

「フェリのプレゼントです。今、つけてみたいのです」

「タイをですか？　そのためにシャツを着て戻ってらっしゃったんですか？」

コクンと頷くラメル様。なんですか、これ、もしかしてとても喜んでいるのでしょうか？　ちょっと待ってください。待ちきれなかったってやつですか？　え……。

「結んでください」

ラメル様が首を上げて私がタイを結ぶのを待機しています。やだ、何これ。可愛い。

「できました。あ、待ってください」

せっかく結んだので私はもう一つ小さな箱を取り出しました。

「それは？」

「タイピンです。その……」

タイピンはタイタック式のものでブラウンダイヤモンドが装飾についているものです。タイを取りに行く時にお店で見つけて一目ぼれして買ってしまいました。

「フェリの瞳の色です」

気づいたラメル様がそう言うのでカーッと頭に血が上るのが分かりました。これでは独占欲丸出しです。耳まで熱くなるのを感じながらタイの中央にピンをさしてチェーンをかけます。

「似合っていますか？」

「お、お似合いです……」

ラメル様なら何を身につけても最高級に見えます。でも、これはなんだか特別で、特別に見えます。

もう一度ラメル様はベッドから降り、姿見で自分の姿を確認してまた戻ってきました。

「良いですね。ありがとうフェリ。気に入りました」

「う、嬉しいです」

もうしまってはどうかと箱をぎゅうぎゅうとラメル様に押しつけますが軽く押し返されて拒否されます。

「明日のために愛を確認したいのですが」

甘い声が聞こえると箱を持っていた手に手を重ねられてつむじにキスされます。

「とりあえず、着替えませんと」

「もう少し着ていたかったのですが」

「でも、それでは休めませんよ？」

「では、脱がせてください」

「へぇっ」

思わず変な声が出てしまいます。ラメル様がまた首を上に上げました。私はタイピンとタイを外して丁寧に箱に戻します。シャツだけになってもラメル様はグリーンの瞳で私をじっと見つめるだけで動きませんでした。

一つ、一つとシャツのボタンを外します。必死にやっているというのにラメル様が額にキスをしてきます。

ぐっと下を向いてボタンに集中すると今度はまたつむじにキスが落ちてきます。最後のボタンを外し終わるとラメル様にギュッと体を包むように抱きしめられてしまいました。

「ああ！　可愛い！」

「ええ？」

「思いがけず妻の独占欲を見せられて、今度は私が欲しいとばかりに服を脱がしてくれるなんて、やたら可愛すぎて辛いのですが」

言いながらラメル様の手が私のナイトドレスの太もものスリットから侵入してきます。

「あの。明日のために今日は体を休めませんか？　その、ここへ来てから毎日ですし……。ちょ、あっ」

しかも毎回激しいのです。私もそれに応えてしまっていますが。

「私も不安なのです」

耳元で囁きながら耳たぶを唇で挟むのはやめてください。ゾクゾクしてしまうのです。

「やっ……」

「嫌ですか……」

私が思わず出した抗議の声にラメル様が唇を離して少し距離を取ります。

「いえ、あの……思わず言ってしまっただけで……」

「嫌でないなら……」

そう言ってラメル様は目を閉じてしまいます。これ、キス待ちです。いったいどこで覚えてきたのでしょうか。

ちゅ。

これもそれも惚(ほ)れた弱みなのです。とっても負けた気がしますが勝ち負けではありません。ラメル様が悪いのです。キスをするとぱちりとラメル様の目が開きました。

一旦唇を離すとラメル様の手がさらに私の腰に回っていました。

「少しだけ。加減しますから」

「朝早いので。本当に少しだけです」

私の了承を取りながらも腰に回る手は少し強引です。

「舌を出して」

言われるままに口を開けて舌を出します。ラメル様はそれを覆うように口に入れ、舌を絡ませてきます。

「可愛い」

キスだけで蕩けてしまう情けない私の体は今夜もラメル様に良いように翻弄されてしまうのでした。

＊＊＊

「フェリ、まあ、綺麗になって!!　しかも、凄いわねぇ。エモナルが観光地になるなんて!!　そのうちサージビーニ全体に温泉宿が広がるんじゃないかって皆言っているわ！　しかも貴方の結婚相手が公爵家ってどうなってるのよ！　ひゃっ、ええっ、この方が旦那様!?　ご、ご結婚おめでとうございます。こ、公爵家には恥ずかしいお品かもしれませんがお受け取りください。こちらはデイビス＝グロブラー、私の夫です」

「ありがとう、マリー。初めましてグロブラー男爵」

「夫のラメル＝ソテラです。結構なお品、ありがとうございます。楽しんでいってください」

「そ、そ、ソテラって、あの、宰相様の!?」

「はい。父は宰相をさせていただいています」

「「……」」

その日は姫様に頂いたドレスを身にまとうことにしました。あれから姫様は時々私に試作だと言ってドレスを贈ってくださいます。きっちりとサイズを合わせた方が良いものはお針子に頼んでサイズの調節を行いますが大体はそのまま着用できるものばかりです。

なぜかラメル様は私にピンクばかり着せたがりますが、今日は姫様一押しの薄紫色のドレスにしました。対するラメル様は私に合わせて薄グレーのスーツにしてくださっています。正直、とても似合っていて隣を見るたびにうっとりしてしまいます。そして、早速昨日のタイとタイピンを。もう、昨晩も思い出されてなんだか恥ずかしくって仕方ありません。

招待客は大体百名くらいです。エモナルの屋敷の大広間を開放しています。立食式で食事は保養施設のものにして意見も取り入れるつもりです。デザートや温泉の熱を利用した蒸し物なども出しています。

両親が招待状に娘夫婦をご紹介します。としか書いていなかったようで訪れる人たちがラメル様に驚いて受付を通っていきます。特に女の子たちはもう、目の保養とばかりに熱い視線を送っています。

「ちょ、ちょっと！　どういうことよ！」

ぐい、と腕を後ろに引かれてみると、問題のケイトが到着したようです。

ケイトは私の隣のラメル様にぎょっとしてからギューギュー私の手を引きます。久しぶりに見ると随分老けて見えます。お城の方々がよっぽど美容に気を使っているのが分かりますね。

「ちょと、こっち、こっち、来て！　説明!!」

「ケイト、私、ゲストを迎えないと」

「ちょっとよ！　ちょっと！」

「ラメル様、すぐ戻ってきますから！」

ラメル様になんとかそう告げてそのまま玄関裏に連れていかれると、ケイトが肩を怒らせながら聞いてきました。

「どういうことよ！　公爵家に嫁入りして、エモナルを観光地にしたって!?　ここが貧乏じゃないなんて信じられない！」

「信じられないも何も、見ての通りです」

「なんなの！　公爵でイケメンとか！　フェリのくせに！　生意気よ！」

「……ええ？」

「城の侍女の試験も独りでさっさと受かるしさ！　なんなの？　私の方が高等部出てるのよ？　しかもさ、あんた、結婚とか興味ないとかなんとか言ってたくせに、よりにもよって公爵とか！　超絶イケメンとか!!」

「……話はそれだけ？　別に説明も要らないじゃない。難癖つけたかっただけなら戻ります」

「待ちなさいよ」

「はあ」

「交換してあげるわ」

「ええ？」

「私の方が美しくて賢いもの。立場を交換してあげる」

「はあ？　今の言葉は聞き捨てならないわよ？　貴方には散々自慢していた旦那様がいるでしょう？　どういうつもりなの？」

「だって！　ズルいじゃない！」

「何それ。あのねぇ。今まで黙っていたけど、ケイトが自分のことを美人だって思ってるのは構わないよ？　でもさ、それが城で通じると思わないで」

「え？」

「私より僅かに顔が整っている程度で通用すると？　髪の色だって目の色だって私とそっくりで地味極まりないでしょ？　私と比べてる段階で無理だって気づかないの？」

「な、なんでそんなこと言われなきゃいけないのよ！」

「今までは害がなかったから聞くだけ聞いてあげられたけど、自分の旦那様まで蔑ろにするなんてありえない」

「あ、あんたなんか、中等部しか出られなかったくせに！」

「公爵家でフェリがどんな勉強をしていると？」

そこで第三者の声が聞こえた。

「ラメル様！」

「フェリはもう高等部の卒業証明を持ってますよ。貴方がフェリより賢いとなれば、外国語を三カ国はマスターしておられるのですね？　――それに貴方は自慢できるほどの美貌なのですか？　髪の色が同じだけでフェリの美しさと並べると？」

神の申し子かと言われるほど美しいラメル様にそう聞かれて『はい、私は美人です』と答えられる人物はやはりセリーナ様くらいだったと思います。あと、私のことをここで盛り込むのはやめてください。私が美しく見えているなら完全なラメル様の色眼鏡です。

「これから先、妻に一切不快な思いをさせないでいただきたい。分かりますね？　ケイト＝フロンテス」

「わ、分かりました……」

案の定、ケイトの顔色は真っ青です。

「妻に、謝罪を」

「ひっ。も、もう言わないから、フェリ。ごめんなさい」

「公爵家の人間に対する言葉遣いもできないのですか？」

「ひぃいい。も、申し訳ございませんでした！　に、二度と不快になるようなことは申しません！」

ラメル様がケイトに向けた冷笑は私も凍えるほど恐ろしいものでした。ブルブルと震えながらケイトは走り去っていきました。

「くれというならまだしも、交換はないですね」

「え？」

受付に戻りながらラメル様が私にぶつぶつ言います。

「交換、だとフェリが他の男にあてがわれてしまうじゃないですか」

「そ、そこ？」

「しばらく警戒が必要ですね」

「……」

ラメル様の中で私がどうなっているのか不安になります。でもケイトに言い返してくださって嬉しいです。

「あの、私が高等部の卒業証明を持っているとはどういうことですか？」

「ああ。一度屋敷でテストを受けたでしょう？　貴方が優秀なのは侍女長のお墨付きでしたから問題はなかったのですが、後々ああいう輩が出ると厄介なので必要かと思って証明書を発行してもらったのです」

「あれってそういうものだったんですか」

「フェリが優秀で先生方が驚いていましたよ？　王都に戻ったら証明書はフェリに渡しましょう

か？」

「いえ。でも、見せていただけたら嬉しいです」

「フェリと学園生活ができていたらさぞかし楽しかったでしょうね。思い出しても私はジョシアに振り回されてばかりでしたから。さあ、そろそろ招待客は揃ったようです。行きましょう」

ラメル様に手を取られて、私たちも会場に向かいました。

ホストとして受付にいたというのにラメル様の腕に手を回すように言われて二人で歩いていくと花道が出来ていました。

「結婚式みたいですね」

「お披露目会ですから似たようなものですね。そのつもりで用意してくださったようですよ。指輪交換はありませんから私も間違えないで済みます」

「ふふふ」

入り口で長いベールをかけられました。宝石などはついていませんがたくさんの生花が頭の上に並んでいる美しいベールです。

「メアリーが作ってくれたのですか？」

中等部の時に仲が良かったメアリーの実家は生花の卸売りをしていたはずです。

「ソテラ様の計らいでお花を販売させていただいてるの。保養所の宿の花もうちが揃えてるのよ？さあ、ブーケも持って」

隣を見るとラメル様もお揃いの花を胸ポケットにさしてもらっています。ベールが持ち上がるのを感じて後ろを見るとレイナード様がベールを持ってくれていました。王子にベールボーイをさせるなんてと思いましたが、ニコニコ笑っているレイナード様に何も言えません。

ラメル様の差し出した腕に手を添えてブーケを持ちなおし、ゆっくりと赤い絨毯が敷かれた道を歩きました。

ぱちぱちと拍手が聞こえて、見渡すと仲の良かった友達たちが私とラメル様を祝福してくれていました。

「本当は両親やアメリも来たがっていましたがね。新婚旅行ですから遠慮してもらったんです。ああ、でも……」

「ええっ」

ラメル様の視線を辿るとそこには王太子のジョシア様とミシェル妃が（多分こっそりと）立っておられました。

「迎えに行くとは言ってくれていましたが、ソテラ家に迎えに来るものだと思っていました」

「こそこそ動いていたと思ったら。まあ、レイナードは喜ぶだろうから……」

昨日の釣りで随分打ち解けたのかラメル様もレイナード様と仲良くなったようです。夕食後はお二人でチェスをしていましたしね。

「ローダは……ふふ、寝てますね。本当に良く寝る子です」

パーティが始まる前にたっぷりと乳はあげたのですが、まだまだ寝ていそうです。

「フェリ、綺麗ですよ。貴方はいつも美しい」

「あ、ありがとうございます」

もしかしてあの結婚式の時もそう思っていてくださったのでしょうか。そう思うと顔が火照ってくるのが分かります。

中央の花で飾られた席に着いて見渡すと、見知った顔がニコニコとこちらを見ていました。

「美しい貴方を見せるのは癪ですが、大勢の方に祝福されるのも良いですね。それも、貴方の人徳です。皆、貴方のためならと喜んで協力してくれましたよ」

「え。じゃあ。もしかして」

「ご両親が声をかけてくださいましたが、元々ここを観光地にするためにプロジェクトを立ち上げた時、主な仕事を引き受けてくれたのがバートン伯爵の三男です。お知り合いでしょう？」

「え、あの、キリアン＝バートンですか？　本の虫の」

「教室で虐められていたのを助けてもらったと言ってましたよ。彼」

「助けたなんて、大げさです。待ってください、ここのところものすごくラメル様が忙しかったのは旅行の算段をするだけではなく、ここを観光地にするのに動いてくださったんですね。しかも、こんな会まで」

「残念ながらこのパーティの主催はキリアンの妻、スーザンの案です」

「ええ！　あの二人結婚したのですか！」

「お子さんが三人いますよ。後で旧友たちとお話してきたら良いですよ」

「ラメル様、私、もうここへは戻れないと思って城で働いていたんです。だから、その、でも、ありがとうございます」

「もっと私のこと好きになりましたか？」

「ええ。凄く。大好きです」

たとえ表情筋が死んでいようとも！　こんなに素敵な旦那様を貰えてなんて幸せ者だろう！

興奮する私にラメル様の顔が近づいてきます。この流れはもう毎回ですので慣れてきました。すっと自然になるようにそれをかわしました。それとこれとは話は別です。人前でのキスはご遠慮願いたいです。

誰かが出てきて歌を歌ったり、特技を披露したり、田舎ならではの形式も何も吹っ飛ばしたパーティでしたが、手作りの楽しいパーティでした。何よりも皆に祝ってもらってとても嬉しいです。

——ケイトにとっては我慢ならないものだったみたいですけれど。

旧友たちと話もして楽しい一日を過ごせました。今後の経営に加わってもいいとラメル様にお許しを頂き、経営の話もキリアンとして、スーザンに子供たちにも会わせてもらいました。マリーやメアリーの旦那様たちも紹介してもらい、エモナルの復興にも一役買ってもらっていたと知って頭が下がりました。ひと時、学生時代に戻ったような気持ちで楽しい時間が過ごせました。

今日のところはお開きとなって、せっかく来ていただいた王太子夫婦にご挨拶をするためにラメル様と本邸の方へと足を運びました。

「よお、ここの施設はなかなかだな！　ちょっと娯楽が少ないけど」

「ちょっと、ジョシア！　ラメル、フェリ様、突然お邪魔してすみません。でも、とても快適に過ごさせていただいてますの」

本邸の改装した一番豪華な客室に王太子夫妻が泊まっておられます。何やらラメル様はそのことで納得できたようでした。

「なるほど。最初からこういう計画だったのですね？　やたらフェリの実家のスパ計画に首を突っ込んでくると思っていたんですよ。警備もレイナードが増えたとはいえ大げさなメンバーだったし」

「有名な保養地なんて王太子妃を連れていったらあらぬ噂を立てられるだろ。その点ここならミシェルも気兼ねなくのんびりできる。俺って天才」

「フェリ様、聞きましたよ？　スパの企画書は貴方のものだって。素晴らしいわ。私、ここへ来てからとても気分がいいの。食事もとても美味しく感じられるの」

「それは、良かったです！」

「俺たちはもう一週間ここに滞在するから後のことは任せたぞ、ラメル」

「はあ？　何言っているんですか正気ですか？」

「王太子夫婦が利用したって、いい宣伝になると思うけどなぁ～」

「そんなものなくてもここを発展させてみせますけれど？　私に後の仕事を押しつけるつもりで来たくせに随分な言い草ですよねぇ」

「え」

「お願いなら聞いてやれないこともないですが」

「!!　お、お願いします！　神様！　ラメル様！　ここでミシェルと療養させてください！」

「どうしますか？　フェリ」

「ええ？　あー。その。ミシェル様が元気になられることが最優先ですから」

「フェリ様！　ありがとうございます」

「お前の嫁、ほんとに天使だなぁ。ラメルの機嫌を取るのは大変だろうけれど、頑張ってくれ！」

「え？」

「仕方ないですね。フェリのご褒美に免じて後は引き受けて差し上げます」

「え？」

ニコニコ笑う三人の連携で追い込まれた気がするのですが気のせいでしょうか……。

その夜、ラメル様と温泉に一緒に入ったことは思い出したくもありません。

た。

＊＊＊

「どうしてレイナードがラメルに懐いてるんだ？」

次の朝、朝食に出てきたジョシア様はレイナード様とラメル様がチェスをするのを目撃していました。

「懐くというか」

「ラメルはチェスが上手いんだ。釣りは互角だけれど。後でまた行きたいな」

「午前中は少しやることがあるので午後からならいいですよ？」

「本当？」

「え、なにその楽しい親子のような会話……レイナードが生意気じゃないなんて」

「ジョシアは子育てに参加すべきですね。もう少し真剣にミシェル妃と話し合うべきではないですか？」

「……それは、反省する。でも！　ここに連れてきて良かったじゃないか！　結果出してる！　俺！　レイナード、俺も釣りに行く！　ラメルより父様と遊ぼう！」

その声にレイナード様の目が輝きました。やはり、お父様には勝てませんね。とても嬉しそうです。

ミシェル様もそんな二人の姿を見て微笑(ほほえ)まれていました。——ご自身はもう一度お昼寝をなさるそうです。エモナルは保養地ですから是非ともミシェル様にはゆっくりと体を休めて元気になってもらいたいものです。ええ。そのため昨晩魔王に身を捧げましたので。

結局レイナード様は午後からジョシア様と釣りに行かれました。『俺と行くんだからついてくるなよ』とジョシア様がラメル様に威嚇するのを皆で生暖かく見送りました。

レイナード様が『フェリの竿を貸してくれ』と私の小さい頃から使っている竿を借りに来たのが可愛かったです。――男の子も可愛いなぁ、なんて思ってしまいました。

昼から私はもう一度ラメル様と旧友たちと会い、今後の方針などを決めたりして楽しい時を過ごしました。元々地域を盛り上げたいと思っていたキリアンたちもとてもやる気に満ち溢れています。まだまだ決めないといけないことや解決すべきことも山盛りです。ですが楽しい！　楽しいです！

それもこれも全てラメル様のお陰なのです。今後のことも簡単に決めて皆と別れても気分が高揚しています。ラメル様と手を繋いで歩きながら時折ラメル様を盗み見します。

はあ。

かっこいい。

なんて素敵なんだろう。

寝る前にローダに挨拶するのに二人で部屋を訪れました。乳母のチェリカが抱いて寄こしたローダは珍しく起きていて私を見ると手を出して抱っこをせがみました。

「ローダのお父様は世界一素敵な方ですね」

もちもちのほっぺに頬を寄せるとローダがキャッキャッと笑います。少し歯が生えてきたローダのなんと可愛いことでしょう！

「ローダのお母様も世界一素敵な人ですよ」

後ろからラメル様が私をローダごと抱きしめます。こんなに幸せで良いのかなぁ、なんて思えるほど毎日が輝いていました。

＊＊＊

「一週間なんて早いものですね」

「とっても楽しかったです。全てラメル様のお陰です」

「そう思うのならご褒美をください」

頬を差し出すラメル様にちゅっと素早くキスをします。最近『ご褒美』乱用のラメル様。もう、拒否するよりこの方が早いと知ったこの頃です。

「うわっ。あの、魔王が。ご褒美にほっぺにチュー強請ってるって。こえぇっ」

何やら後ろからジョシア様の声が聞こえた気がしますが気のせいです。

最終日の朝は両親と王太子ご家族、ソテラ家で朝食をともにしました。こちらに来てからレイナード様もよく食べているようでふくふくとしています。

「まあ、レイナード、トマトが食べられるの？」

「母様、ここのお野菜は城とは違いますから」

ふふふんと鼻息を荒くしてレイナード様がミシェル様に教えているようです。

「男の子も可愛いですね」

「え？」

私の心の声が聞こえたのか隣にいたラメル様が言いました。

なんて耳元で囁くものですから、頭が沸騰しそうです。

「やっぱり作ってしまいましょうか」

このやり取りを後ろでじっと聞いていたオリビアの生暖かい視線が痛いです。

ええ。ここへ来てから毎日愛をはぐくませていただいていますからね。

さて、名残惜しいですが王都に帰らなければなりません。王太子家族はもう一週間ここで養生されるので朝食を終えてから簡単に挨拶しました。レイナード様が嬉しそうで良かったです。

見送りに来てくれたキリアンたちに挨拶と今後のことを頼んで、荷物もお土産も準備しました。さあ、馬車に乗ろうとしたその時でした。

「待ってください。責任を取っていただきます！」

ケイトがラメル様の前に飛び出てきました。

「ケイト、何をしているんですか？　失礼ですよ？」

私が声をかけるとケイトは私を勝ち誇った目で見ていました。

「ラメル様が昨夜、その手で愛を語り合ったのは私です！」

「……はあ？」

「ごめんなさいねぇ。フェリ。昨晩は寂しい夜をお過ごしになられたでしょう？　貴方の旦那様は私と熱い夜を過ごしたのよ？　ああ、もしかしたらラメル様のご嫡男を孕（はら）んでしまうかもしれないわねぇ」

自信満々に言うケイトに私は目が点です。ラメル様の表情はまったく動いていません。昨晩も私は魔王様に許してもらえるわけもなく最後の夜だとなかなかの激しさで朝まで離してもらえなかったのですが。

「疑うの？　残念ねぇ。証拠だってあるのよ！」

そう言ってケイトは右手に握っていたものをラメル様と私に見せてきました。

「ええ。ラメル様もお気づきになられなかったかもしれませんね!?　フェリ、フェリ、と私を激しく抱かれましたもの」

ケイトが言っていることが本当なら子爵夫人でありながら公爵であるラメル様の愛人になることになります。結婚前の処女性は求められますが結婚後は愛人の相手によっては自分のステータスを上げることになるので、たとえラメル様を騙して体の関係を持ったとしてもケイトの立場は皆に非難されようが公爵と繋がりを持って『よくやった』と思われてしまいます。ケイトの手には蜂蜜色の髪がひと房握られていました。

「……」

それを見たラメル様の目が無言でステア様の姿を探しています。

「え!? あ?」

じぃ、とステア様の人となりを知っている者たちがステア様を非難するように眺めました。

「ステア、昨晩はどこへ？」

「ちょ、何？ どういうこと!?」

「ステア。答えなさい」

「え、いや、確かに夜這いはしに行った！ でも、追い返されたから！」

「何？ なんの話？」

「……ケイト、私は昨晩、独り寝などしていません。ラメル様は私のお隣にずっとおられました」

どうしてこんな恥ずかしい真似を公衆の面前でしなければならないのでしょうか。

「う、嘘よ！ だって、今だってずっとなんとも思ってない顔しかなさってないじゃない！ 仮面夫婦なんでしょ⁉」

「ステア、いつも気をつけなさいと言っているでしょう。お前は隙が多すぎるのです」

ラメル様がステア様を追い込んでいます。

「え、何⁉　も、もしかして私はラメル様でない人に抱かれたとでもいうの⁉」

「そうなりますね」

私も呆れた目でステア様を眺めました。

「お、俺は無実だ‼　そんな女となんかしてないし！　そもそもしてない！　今はオリビア一筋なんだ！」

「いやあああ‼」

そこでかぶさるようなオリビアの叫び声が。え、何？　いつの間にそんなことになっていたのですか？

「この際、どちらでも良いです。ステア様はラメル様の弟君ですよね？　公爵家なんですよね？　責任取っていただきます」

ケイトが今度はステア様に向かって言いました。

「ちょっと待ってください。ステア様は昨夜オリビアのところへ行っていたのですか？」

「オリビアが休憩の時にちょっと話をしに行っただけだけど」

「話⁉　強引に部屋に入り込んできたのに⁉　先ほど『夜這い』ってはっきり自白しましたよね！」

「結局、追い出されたんだから、いいだろ？」

「「「……」」」

これは、一体どういうことなのでしょうか。首をひねっていると馬車の隣で膝をついて項垂れている人がいました。

「……まさか？」

ニコラスの耳の横の髪が不自然に切られています。

「ケイト、貴方が熱い夜を過ごした相手はあちらのニコラスではないでしょうか？」

私がそう指摘すると皆の目が一斉にニコラスに集中しました。

「ど、どういうこと？」

「大体、昨晩、どうやってケイトはラメル様だと思っていた人と会えたのですか？」

「……フェリ宛てのラメル様のメッセージカードを見たのよ。花が添えてあって『今夜ここで待っています。本当の愛を貴方に授けましょう』と書いてあったの。だから……」

「勝手に私のパウダールームに入ったのですね」

「……」

「ここに来てからはメッセージを贈り合ってはいません。それを書いたのは私がフェリに頻繁に花束を添えてメッセージを贈ることを知っている人物です。私の妻を私の名を騙って呼び出そうとしたのですね」

「ニコラスは私の愛人になりたかったのですよね？」

そう問いかけると一層ニコラスは肩をがくりと落としました。

「ラメル様、ラメル様と呼ぶものだから、てっきりフェリ様だと思って……」

「ちょ、ちょっと待って!? 何？ 私、こっちの人と関係持ってしまったの？」

「そうみたいですね。ケイトもニコラスも勘違いして昨晩熱い夜とやらを過ごしたのではないでしょうか？」

お互い『公爵の愛人』というものに旨味を感じて行動を起こしたのでしょう。大いなる勘違いに私とラメル様は感謝するしかありません。蒼白になるケイトに追い打ちをかけるように後ろから声がかかりました。

「なんてことをしてくれたんだ！ 私はケイトを心から愛していたのに！ 私を裏切るだなんて!!」

悲愴な顔をしてフロンテス子爵がケイトの前に躍り出ました。

「あ、貴方……」

「あ、熱い夜だと!? 恥をしれ！」

「あの、ご、誤解なの！」

「何が誤解だ！ お前はあの男と浮気したのだと堂々と皆の前で宣言したんだぞ！」

「あ、愛しているのは貴方だけなの！ 私はフロンテス家の未来のためにソテラ家と繋ぎをつけようと！」

「酷い、裏切りだ！　十も年下だったから多少の我がままは仕方ないと思って許してきた。それなのに！」

フロンテス子爵が激高している最中、ラメル様の声が響きました。

「少し、黙ってもらえますか」

シン、とその声でその場の誰もが口をつぐみました。

「まず、ケイト＝フロンテス。貴方は妻の部屋に勝手に侵入して妻宛てのカードと花束を盗んだ」

「う……ぐ」

「ニコラスは私の妻に私からだという偽のカードを届けていた」

「……はい」

「君の場合は、もしも私の妻が呼び出しに応じていたら、妻と既成事実を作ろうとしていたのですね？　私だと偽って。結果、互いが公爵の愛人の地位が欲しいがために愚かな行動をしたということです。ステア、この二人を拘束してください。盗みと強姦未遂でそれ相応の罰を受けていただきます」

「わ、分かった！」

項垂れる二人はもうショックでなすすべもなくステア様と数人の護衛に取り押さえられました。

「フロンテス子爵。貴方には同情する気持ちもありますが、ご自分の伴侶をきちんと監督しなければならなかったのではないですか？」

「す、すみません」

「私の妻に手出しをするというならそれ相当の覚悟を持っていただかないといけませんよ。私が相手になります。ね。フェリ」

その時、多分、ラメル様は私に安心するように微笑まれたのだと思います。

けれども。

その底冷えのする笑いはその場の誰もが魔王の降臨を見たような気にさせる微笑みでした。

「あー怖い、怖い！　なんなの、最後のヤツ、笑ったつもり!?　逆に怖かったわ！　逆らわない！　って誓ったわ！」

事が収束して馬車に乗り込む途中で面白がって見に来たジョシア様がラメル様に悪態をつきます。

「ジョシア。貴方、私たちの新婚旅行に割り込んできた自覚があるのですか？」

「え」

「城に戻ったら覚悟してくださいね」

「う、嘘！」

「貴方には良いこと尽くしだったでしょう？　ミシェル妃も体の調子が良いようですし、レイナードの憂いもなくなって、ね？　良かったですね。――私の天使のお陰で」

「あ、や、フェリには感謝している！　そもそもお前と結婚してくれたことに感謝しているレベルかもしれない！」

「レイナード、可愛いですね」

「へ⁉　何？　レイナード⁉」

「私もフェリとの間に男の子が欲しくなりました」

「……」

「城に帰ったらまた仕事が山積みなんでしょうねぇ。誰かさんはすぐなんだかんだ言ってサボりますからねぇ」

「わ、分かった。戻ったらラメルの仕事が少なくなるよう、配慮する」

「次が男の子と決まったわけでもないですし、いつできるかは神様しか分かりませんので、そのお約束、これから先ずっとお忘れなく」

「ひえぇえええ」

「さ、フェリ、名残惜しいですがご両親にご挨拶してソテラの屋敷に戻りましょう」

「……はい」

何か、凄い宣言を聞いてしまったような気がするのですが。気のせいでしょうか。男の子が産まれるまで延々と頑張るみたいな、う、嘘ですよね？

「さて、ニコラスの事、私は聞いていませんでしたけれど？　フェリ、貴方もしかしてニコラスに前から誘われていたのではないですか？」

「え」

「隠し事は良くありません」

「あの、いえ！　隠し事とかではなくて！　ラメル様を煩わせるほどのことだとは……」

「ケイトが身代わりになってくれたものの、貴方が襲われていたかもしれないと思うと背筋が凍ります」

いえ、今、私はまさに背筋が凍っております。

「貴方はもう少し自分の魅力に気づかないといけません」

「ん、ちょっと」

「帰りの馬車は妻と二人きりで乗りたいのですが？」

「それでは私たちはもう一台の方に移ります。休憩の際はお声をかけますので必要なものがあればその時におっしゃってください。ちなみにドアは――」

「ドアはこちらから以外は決して開けてはなりません」

「かしこまりました」

オリビアが私に憐（あわ）れみの目を向けてローダと乳母を連れて他の馬車に移っていきました。

「さあ、動きますよ。座らないと危ないですよ」

私をじっと見てラメル様が自分の膝を軽く叩いています。う、嘘ですよね？

「さあ、フェリ」

「怒ってるのですか？」

「いえ。……貴方が誰かに攫われてしまわないか不安になっています」

「え？」

そんなことを言われると抵抗できなくなるではないですか。膝は避けて私はラメル様の隣に座りました。

そっとラメル様の手に自分の手を重ねます。

「ラメル様を裏切ったりはしません。一生。私はラメル様だけです。私を欲しがるのはラメル様くらいですよ」

「それが駄目なんです。フェリ。ジョシアだってその気になれば貴方に手を出すかもしれません」

「いや、それはないでしょう。大丈夫です」

「アレは手が早いのですよ？　危機感がなさすぎます」

「そうじゃなくて。ラメル様が」

「私が？」

――守ってくださるのでしょ。

ラメル様の肩に頭をつけて囁けばラメル様がきゅっと手を握り返してくれました。

その後はちょっと情熱的ではありましたが、キスを交わして。次の休憩にはちゃんと胸を張ってドアを開けて皆と合流しました。なかなか私もラメル様との交渉術が長けてきたと自負しています。

それから一年が過ぎてもレイナード様のお稽古は相変わらずソテラ家の庭で行われ、小さなお茶会は続きました。ローダもすくすくと育ち、そこにたまにミシェル様とティアラ様も加わるようになりました。この頃にはミシェル様も見違えるほどお元気になられて公務にも復帰されました。

「ぶとうかいにはあかいどれすをきるのよ？」

「ろだもあか？」

「ろーだはあおでもいいのよ？」

「あお？」

ティアラ様とローダはお人形遊びがブームでお庭にシートを広げるとその上でずっと飽きずに遊んでいます。

「ティアラ様はしっかりしゃべれてますね」

「まだおしゃべりも動きも危なっかしくてしょうがないけれどね。ローダは半年もティアラより遅く産まれているのに成長が早いわ」

「きっと、ティアラ様やレイナード様に良い影響を受けているのだと思います」

「……私、そんなふうに言ってくれるフェリ様が好きだわ」

「ええ？」

「正直、あの二人には皆手を焼いているわ。ティアラの癇癪は相変わらずだし、レイナードだって生意気。私、外から嫁いできたから、王家繋がりのあの豪快な性格にはついていけないこともあるの。ジョシアだって」

「確かに、結構強烈ですよね。でも、その分皆さま各方面に秀でてらっしゃる」

「フローラ様なんて今や時の人よ」

姫様は服や化粧品のブランドを立ち上げて今や女実業家として活躍しています。

「はあ。貴方と話していると心の底からホッとできるわ。あ、『こちらですよ！』」

『遅れてしまいました。焼き上がるのに時間がかかってしまって』

セゴア様が侍女に合図して焼きたてのケーキをテーブルに置いてくださいました。

『いつ見ても美しい庭ですね』

『体調はいかがですか？　さあ、長椅子にクッションを敷きましたからお座りください』

『ありがとう』

先のパーティで知り合ったセゴア様は一旦帰国した後、また半年の予定でこちらに滞在しています。時々遊びに来てくださるようになりましたがセゴア様が妊娠したので近々本国へお戻りの予定です。

『今日はミシェル様もお越しだったのですね。ごきげんよう』

『ごきげんよう、セゴア様。昨晩はジョシアがゼパル様を連れていってしまって申し訳なかったです』

『いえいえ。ジョシア様が楽しい方で嬉しいと言っていましたよ。でも、結局二人を介抱して部屋まで送ってくださったのはラメル様ですから』

『ジョシアが楽しく飲めるのはラメルのお陰ですからね』

私たちの夫は三人で昨晩随分お酒を飲んだそうです。まあ、仲が良いのは良いことですが。

『今日は三人とも二日酔いで使いものにならないって執務室でぼやかれていたそうですよ』

『『『男って馬鹿よね～～』』』

ケラケラと笑っていると稽古を終えたレイナード様がこちらに向かってやってきました。

「フェリー！　あ、母様。……と」

「コンニチハ。レイナード、オージ」

『こんにちは。セゴア様。ご機嫌いかがですか？』

「え、レイナード、ロネタ語しゃべれるの？」

「簡単な挨拶はフェリに習った」

「レイナード様は大変優秀ですからね。すぐ覚えられましたよ」

「おにいさま！　おにいさま！」

「あ、ティアラに見つかった」

レイナード様を見つけてローダとお人形遊びをしていたティアラ様がこっちに向かってきます。その後ろにローダがよたよたとついて歩き、その後ろをハラハラしてそれぞれの乳母たちが追います。

ティアラ様は目的通りにレイナード様のところへ辿り着いて、レイナード様は軽くティアラ様を抱きしめてからひょいとミシェル様にパスしました。大好きなお兄様に抱きしめてもらったのにすぐに離されてティアラ様がぷうと頬を膨らませます。

ティアラ様は絶賛お母様とお兄様大好きな姫様に育っています。ミシェル様が言うには『ジョシアはしつこいから嫌われている』らしいです。そのまま後ろからついてきていたローダはもちろん私の元へと手を広げてやってきます。もう、この可愛さに誰が勝てるというのでしょうか。

ローダの脇に手を入れると抱き上げて膝に乗せました。

「かあたま」

まだ赤ちゃん言葉のローダが舌足らずに私を呼びます。思わず頬にキスをするとキャッキャとローダが笑いました。

「ローダ、レイのお膝においで?」

私の隣にちょこんと座ったレイナード様がローダを自分の膝へ移動させようと声をかけます。

「ヤ……」

ローダはイヤイヤと私にしがみつきます。レイナード様が残念そうな顔をしますが仕方ないことです。諦めてください。

「レイナードは本当にローダが好きね」

「母様、僕はローダと結婚したいのです」

「えーっと……」

「誰がローダをやるものですか」

ふっと私の膝が軽くなって見上げるとそこにはラメル様がローダを抱き上げていました。

「とうたま！　とうたま！」

きゃっきゃと喜ぶローダに見上げてレイナード様が慌てて立ち上がりました。

「ローダはお父様と結婚すると言ってましたよね？」

ラメル様がローダに確認するように声をかけます。

「ろだ、とうたまとけっこんしゅるの」

ローダがにこにこ笑います。もうこのやり取りが何回行われたか。

『いつものやつですか？』

『いつものです。すみません。またレイナード様がローダと結婚すると言ってラメル様が対抗してます』

セゴア様に聞かれて恥ずかしい思いをしながら答えます。ただ、いつものやり取りだとここでレイナード様が悔しそうにして諦めます。けれども今日は違いました。

「そうか。では、僕はフェリと結婚する」

「はぁ!?」

ローダを抱き上げていたラメル様の動きが止まりました。

「ラメルはローダもフェリもだなんてズルいじゃないか」

「……」

七歳の戯言に何を押し黙っているのでしょうか。私の旦那様は……。そう思って動きの止まったラメル様をいぶかしげに見ていると、ラメル様が口を開きました。

「フェリ、ローダが可愛いばかりに結婚するだなんて嘘を言って申し訳ありませんでした」

「え?」

「考えてみれば逆の立場で私たちに男の子が産まれて、その子がフェリと結婚すると言い出したら、私は嫉妬して嫌な気分になったでしょう」

「ん?」

えーっと? 子どもが『お母さんと結婚する』って言い出すことを言っているのですか? そんなの可愛いだけじゃないですか。そもそもローダが『とうたまとけっこんしゅるの』はめちゃめちゃ可愛いでしょう? は? 嫉妬? 誰に?

何を言っているのですか? その無表情な顔で……。

私が固まってしまったのを見てミシェル様がセゴア様に何やら耳打ちしています。『情熱的ですのねぇ』というセゴア様のロネタ語の呟きが聞こえてきて死ぬほど恥ずかしい思いをしました。

文字通り臆面なく言うラメル様にこちらが赤面する毎日です。けれども両手で顔を押さえながら指の隙間から見える世界はとても、とても幸せな光景でした。

書き下ろし
ラメルの新妻は湯けむりの中で翻弄される

思いがけず王太子夫婦がエモナルにやってこられて、ミシェル様の療養のためにご滞在するのにラメル様がその間のジョシア様の仕事を請け負うことになってしまいました。城に戻ったらラメル様はまたお忙しい毎日が待っていそうです。それはとても気の毒なのですが。

——なぜ私がラメル様にご褒美を与えることになったのでしょう……。

そうと決まれば、さあさあとラメル様に促されて王太子夫婦と別れました。ミシェル様のすまなそうな顔——ジョシア様はニヤニヤしてましたけれど、に見送られて。

「では、フェリ。温泉に入りましょうね。二人で。人払いしてますから恥ずかしがらないで大丈夫です」

心なしかラメル様の声が弾んで聞こえます。いや、これはルンルンと言ってもいいくらいの声色では……。

こんなことをいうのもなんですが三人に填められた感満載なのです……。うぬぬぬぬ。温泉に一緒に入るのは嫌だと何度もラメル様をかわしてきたのに。これがご褒美になるというのにも嫌な予感が……。

ラメル様が恋人繋ぎで強引に私を温泉施設の方へ連れていきます。

別邸の離れにある温泉施設はスパの泉質をみたり、施設を作るための試作のようなスペースです。奥にちょっとした滝のある岩でできた露天風呂、室内は手前右に木の浴槽、左手に大理石の浴槽があり、サウナも完備していてとても広いです。かけ流しになっていて一定の温度が保たれ、温室の植物なども数多く育てられています。脱衣所も男女に分かれていて簡単なパウダールームも作られていました。

テストスペースとはいえこの素晴らしい施設を使用するのは嬉しいです。でも一緒に温泉に入るとは一言も言っていません。なんですか、その、軽やかな足取り！

「ラメル様？　私、その、着替えの用意が……」

「大丈夫です。用意してあります」

随分用意のいいことですね……。人払いしているなら他に人が来ることはありませんが、何よりラメル様に肌を曝すのが恥ずかしいのです。いくら日は落ちているとはいえ、ここのオレンジ色の照明では艶めかしく見えるだけでばっちり顔も確認できます。

「何ですか？　これ」

脱衣所の前で男女に分かれる時、ラメル様が三色の衣装箱を重ねたものを渡してきました。

「エモナルは療養を第一とした施設にしていますが、これからサージビーニに温泉施設を広げるに当たって、もう少し手軽に楽しめる施設も作ろうかと言ってたんです。で、浅瀬で服を着て入れるような温泉。人工的にラグーンを作ったらどうかと思って」

「そ、それは素晴らしいですね！」

「で、どのくらいの服がちょうどいいかと思いましてね？」

「え」

「順に着て試してみましょう。始めは黄色い箱で」

「……」

三つの箱を受け取って脱衣所に進みます。なんだかこのやり取り、ナイトドレスの時のようなのですが……。不安になりながらまずは黄色の箱を開けると中には水色のシャツと膝くらいのパンツが入っていました。想像と違ってとても健全に見えるデザインです。

ラメル様、ごめんなさい！　際どい服が出てくるとばかり思っていました！　私ったらなんてはしたないのでしょう！　脳内で頭を何度も下げてラメル様に謝りながら服を着ました。

「どうでしょう？」

浴室の方へ移動すると、ラメル様はすでにお揃い（そろ）に見える服を着て待っておられました。これはこれでなんだか嬉しいような、恥ずかしいような。

「無難。でしょうか。でも遊び心はないデザインですね」

「なるほど」

「では。湯に浸かってみましょう」

「え？」

「浸からないと服が濡れた時のことが分かりません」

「そ、そうですね」

言われてみればそうです。なるほど、濡れた時のことを考えないと温泉施設で着る服にはなりません。一番奥の岩風呂の浅瀬で服のまま湯に浸かると服が体に張りついてきます。

「厚めの生地はしっかりしていて乾いている時はいいですけど濡れると重くてダメですね。では次のを着てみましょう。次は青い箱で」

「はい」

そう言って脱衣所に戻りました。着替えるところは別なのでお互いの着替えている姿は見えません。体に張りついた服を気にしながら青い箱を開けました。ストンとした生成りの何もない綿の簡単なワンピースです。これならすぐに乾きそうだし、体に張りついてもそんなに重く感じなさそうです。ここで、私は最後の赤い箱を覗いてみました。

「わっ！」

これは！　ダメ！　踊り子かと思うほどにスケスケです！　さ、先に見ておいてよかったです……こんなのラメル様の前で着るなんて恥ずかしくて死ねます。しかも一緒に入っていた下着がこれまた凄い。局部が隠れるわけもないような小さな面積のなんの意味があるのか分からないようなものでした。これ、なんのために!? こんな! 破廉恥極まりない!

赤い箱は絶対に着ないと心に決めて青い箱に戻ります。下着も入っていましたが先ほど見たものに比べたら大したことはありません。ちょっといつもの下着よりも面積的に心もとないけれど、サイドが紐だけど、赤い箱よりマシです。ワンピースも着ますしね。

濡れた衣服を籠に入れて簡易ワンピースをかぶるように着ます。施設の中に戻るとラメル様も同じようなかぶる形の簡易の服を着ていました。なんだかいつもより若く見えて新鮮で可愛いかも。

「これが一番よさそうですね」

「そうです! これが一番です! 私、赤い箱を見てみたのですが、アレは、公共の場で着るようなものではありません。裸で歩く方がマシと思えるほどの破廉恥な服でした!」

「そう。男性ものの方はそんなこともなかったけれど」

「絶対、着ません」

「では、これにしましょう。さ、では浸かりましょうか」

ラメル様に促されて温泉に足をつけます。とりあえずはと今度は木の浴槽の縁に二人で並んで座るとなんだか気持ちもほっこりします。湯けむりの向こうに見えるラメル様はなんというかいつもより美しいというかかっこいいというか、より色気があるというか……。

見ているうちになんだか恥ずかしくなって視線を湯に向けました。木で作られた浴槽はつるりとしていて森林の中にいるようないい匂いがします。

「こうしているととてもリラックスできますね」

「ええ。本当に素晴らしい施設です。ラメル様には感謝してもしきれません」

「貴方がいて、こそ」

「え？」

「貴方がいて、こそですよ。貴方と一緒に入りたいと思って頑張ったのです」

「ラメル様」

「いつも。不安なんです。貴方に愛想をつかされてしまわないかと」

「そんな。それは、私の方です」

「ではお互いを良く知るために努力しないといけませんね」

「そう？　ですね」

ちゃぷん、とラメル様が浴槽に肩まで湯に浸かりました。私も続いて浸かります。じっとラメル様は私を見つめていました。湯に浸ってから上半身を湯から出したラメル様の体に服がぴたりと張りつきますが最初に着たものよりは重くない感じです。でも……その体の線がよくわかります。程よくついた筋肉の線。厚い胸板。首筋から鎖骨のラインがセクシーで見ていられません。

「フェリ。私にご褒美を」

「え？」

見るとラメル様が手を広げていました。

「膝に」

「……」

誰もいないし、そのくらいならと湯から体を出してラメル様の膝に乗りました。乗ってから思いましたけれど、これはとても恥ずかしいです。

「ここにきてまた貴方のことが好きになりました」

「それは、私のセリフです」

「では、好きと言ってください」

「す、好きです」

ラメル様はことあるごとに私に『好き』と言わせてきます。そんなことで嬉しいならお安い御用ですが慣れません。それに、そう言ってしまうたびにラメル様が好きになってしまって困ります。

「口づけをください。フェリ」

耳を食(は)まれながら言われると背中がゾクゾクとしてしまいます。無表情なのに発せられる声が甘いとかズルすぎるのです。こんなラメル様を誰にも知られたくもありません。

誘われるように唇を重ねるとラメル様が私をさらに引き寄せて体が密着しました。

「ずっと美味(おい)しそうだと思ってました」

「んっ」

ちゅっと唇を離したラメル様が私のうなじに舌を這わせると体の力が抜けてふにゃりとなってラメル様に寄りかかってしまいます。もたれかかった私の体を少し立ててラメル様が自分のシャツを持ち上げました。

「脱いでしまいましょうね」

そう言ってさっさとラメル様がご自分の服を脱いで浴槽の外に放り投げました。水を含んだ服はパシャリと音を立てます。これでラメル様は簡単なパンツのみの姿に。オレンジ色の灯りに浮かび上がる上半身がセクシーすぎます。

「フェリも」

「ふえええっ」

驚いて変な声が出てしまいました。狼狽えているとラメル様が私のワンピースを持ち上げてさっさと脱がしてしまいました。これを脱いでしまうと胸のところで大きく結んだリボンの胸当てとサイドが紐になっている下穿きだけになってしまいます。

ん？

そう言えばこの下着。

ピンク……。

私の足を大きく割ってラメル様にまたがるように座らされた私は不安定な膝の上でラメル様の肩にすがるしかありません。胸の谷間にラメル様の視線が集中して心臓の音がうるさくなってきました。

「私へのご褒美ですね」

「へっ？」

そう言うとラメル様はその節だった美しい人差し指を私の胸の谷間に差し入れて下に引きます。

「あ、いやっあ」

ここのところ毎日虐められている乳首に振動が伝わって思わず声が零れてしまいました。胸のリボンが緩んで薄いピンク色の乳輪が見え隠れしてしまっています。恥ずかしくて押さえたくとも私の腕はラメル様の肩。私を見上げたラメル様が口でリボンを咥えました。

するり。

するり。

ゆっくりとラメル様が頭を斜め後ろに引きながらリボンを咥えてほどいていきます。その光景が妖艶でゴクリと喉を鳴らしてしまいました。やがてリボンが完全にほどかれるとピンク色の胸当てが腰まで落ちます。

「今日は、フェリに教えてほしいのです」

「な、何を……です？」

今にも唇が乳首に触れられる位置でラメル様が問いかけます。敏感になっているのか吐息にすら感じてしまいます。

「んっ、んんー！」

ちゅう、と吸われて前かがみになりそうな私の背中をラメル様の腕が支えます。逃れられない快感にラメル様を掴む手に力が入ります。

「フェリが気持ちいいところを教えてほしいのです。いつも私ばかり気持ち良いのは良くない。二人で気持ちよくなりたいのです」

「ん、ああっ。え、私も、その、気持ちよくしてもらってますから……」

「本当に？」

「ほ、本当ですから……あ、あの、遊ばないで……」

会話の合間に乳首を食まれ、舌でクニクニと刺激されると息が上がってまともな思考ができません。それでなくとも目の下に広がるのは超絶な色気をまとって私の胸を虐めるラメル様……視覚の暴力です。

「胸は……感じる？」

「か、感じます、感じますからぁ……あ」

「どうされるのが好き？」

「え、はっ⁉　ど、ど、どうって⁉」

「こう？」

ラメル様は歯で私の乳首を軽く強弱をつけて挟みます。

「はぅっ」

「それともこう？」

今度は舌で円を描くように刺激されます。

「ふ、ふぅう」

「どちらも感じるのかな。可愛い」

コクコクと頷くことしかできない私にさらにラメル様が胸を責めてきます。

「む、胸ばっかり……いやっ……」

涙目になって訴えるとラメル様の喉がゴクリと鳴りました。

「では、ここはどうなっているんでしょうね？」

「あっ」

ラメル様が下穿きに手をかけるので思わず体を捩ってバランスを崩してしまいます。

「フェリ、しっかり掴まってくれないと」

ラメル様は私の腕を首の後ろにしっかり回すように促すと当然のように私の下穿きのサイドの紐をほどいてしまいました。こんなの、なんの意味もない布です。

「フェリ。口を開けて。口づけしましょうね。口づけは気持ちいいですか？」

「い、いい、です」

「どんなふうに？」

「え？　あ、あの、ラメル様とするのは心臓がきゅんとなって……ドキドキして……そ、その」

キスの感想なんてなんて答えていいのか分からず、頭に浮かんだことを口に出すとラメル様が息を飲んで固まっていました。我ながら馬鹿みたいな答えに呆れたのかしら……。この期に及んでキスをしてくれないラメル様に少し悲しくなると急にラメル様の激しいキスが始まりました。

「ぷはっ。ラ、ラメ……ん、んんーっ、はっ、はっ。激し……」

「フェリ、フェリ……！　なんて、もう、可愛すぎる！」

舌を吸われて口内を熱い舌で探られます。息継ぎが間に合わなくて苦しい。訴えるように背中をトントンと手で叩くとようやくラメル様の唇が離れていきました。

「口づけは好きですか？」

「す……きです」

「私のことは？」

「すき……」

「フェリ、ちゃんと言って？」

「ラ、ラメル様がすき……ひゃん」

腰にあったラメル様の手が私のお尻に回ります。ぐっと体を寄せられてラメル様の体に私の体がさらに密着しました。そのままラメル様の指が私のお尻の割れ目を降りてきてしまいます。ギュッとラメル様に抱きついた私はラメル様の首の後ろに顔を埋めました。

「私を欲しがってくれています」

「っつ」

割れ目を後ろから探っていた指がひだを割ってぬるりと入ってきます。

「私の指をキュウキュウと締めつけて、本当に貴方は可愛い」

「んん、ん、ふ、ふぁ」

耳元で囁かれて指を抜き差しされるともう息を吐くことしかできません。気持ちいい。気持ちいいのですが私の体は貪欲にラメル様を求めてしまいます。

「溢れてきました。ああ。感じてるんですね。中は、どこがいいのですか？」

「え、あ……ん、ん、な……なか？」

「ここは？」

ぐるりと指で膣をこすり上げられていきます。ぴちゃぴちゃと跳ねる水音は湯の音なのか、愛液なのか……。

「は、ぅ」

「こちらかな？」

私の良いところを探ろうとラメル様が指で刺激を続けます。でも、私は繋がりたくて、埋めてほしくて切なくなってきました。

「ラメル様……入れて、ください」

「フェリ、でも貴方の良いところが知りたいのです」

「でも、でも……」

ちゅう、とキスして私の願いを受け流してしまうラメル様。でもラメル様も興奮して私のお尻の下で硬くなっているのを知っています。

「もう、欲しいのですか？」

コクコクと頷くと軽く斜めに持ち上げられてラメル様が片手で器用に下穿きを脱ぎました。その際内ももにラメル様の高ぶりが当たって子宮がきゅう、と期待に収縮したのが分かります。

「体が冷えてしまいましたね」

しかし挿入れてもらえると思って気持ちが高ぶっていたのにラメル様が私を膝からおろして湯の中につけてしまいました。私は切なくて泣きそうです。

「あの、ラメル様……」

「風邪を引いてはいけない」

「でも……」

切なくて内腿をこすり合わせてしまいます。湯の中でも私の中心から愛液が溢れているのが分かります。

「私がそんなに欲しいの？」

言われて自然と開いた唇にラメル様の舌が入ってきます。ラメル様が意地悪です。唾液を交換するかのような激しいキスをしながらコクコクと余裕なく頷きました。

「はうっ」

「ここに、欲しいの？」

再びラメル様の指が侵入してきて膣(なか)をかき混ぜます。またコクコクと頷くと指の動きが速くなりました。

「ま、待って……」

ぱちゃぱちゃとラメル様が指を動かすたびに水面が揺れます。

「中も、感じる？」

「そ、そこ、や、やぁ」

「ここ？」

私の体がびくりと跳ねるとラメル様がそこを執拗(しつよう)に責めてきます。感じすぎて辛(つら)いのに、欲しいものはくれません。

「い……っ」

「達しちゃうかな。良いですよ？　フェリの蕩(とろ)けた顔を見せて」

「や、やぁ、は、早くしな、いで……んんぅっ!!」

ここのところ覚えさせられた快感に簡単に体が跳ねて達してしまいます。ラメル様は平気な顔を（いつもですけど！）しています。はあはあと上がった息を整えているとラメル様がジッと見つめていたラメル様が口を開きました。

「フェリ。信頼関係が築けてから試したかったのですが、いいですか？」

「……え？」

突き抜けた快感にふにゃふにゃになった体をラメル様に誘導されるまま動かします。ラメル様は私の両手をお風呂の縁に置くと腰を湯から引き上げました。ザパリと音がしてラメル様が私を後ろから密着して抱きかかえます。

「私が欲しいって」

「あぅっ……」

後ろから胸を鷲掴み（わしづか）にされて揺らされます。ぬるりと背中を這ったものはラメル様の舌……。去ってしまった快感がまた熱を持って湧き上がるようです。今度はゆっくりと。でも指しか挿（い）れてもらえなかった私の中は切なくラメル様を求めてしまいます。

「フェリ、欲しいって言ってください」

「ふ、う。ほ、欲しいです……」

「誰が？」

「ラメル様……ラメル様が」

高ぶりが私の入り口に充てられてひだを割るように押し当てられます。けれども私をじらすようにクチャクチャと音をさせながらこすられるばかりで中に入ってきてくれません。

「ラメルって練習しましょうか」

「え……」

「初めての時、覚えてますか？」

「は、はい」

「あれくらい、求めてもらいたい。私はフェリのことを媚薬なんてなくても求めてますから」

「でも、私もラメル様のこと、求めてます……」

「……」

「呼び捨てなんてしたら良くないです」

「では、とりあえず今だけ。フェリ」

「んはっ」

くりゅりと先だけ入れられてその先の快感を求めてしまいます。全神経が熱いラメル様の高ぶりに集中します。

「フェリ、お願いです」

「……ラ、ラメルぅ、ああっ、ラ、ラメルっ」

ラメル様の名を呼ぶとぐっと後ろから一気に奥まで潜り込んできました。やっと欲しかったものを貰えてキュウキュウとラメル様を締めつけてしまいますが顔が見えない状態で繋がるのは初めてです。

次の瞬間パン、と勢いよく打ち込まれて目から星が飛びそうでした。

「私のを飲み込んでいるのが良く見えます」

「あうっ」

その言葉でカッと体が熱くなるの感じました。ラメル様は後ろから繋がっているところをジッと観察しながら出し入れしているのです。

「ラ、ラメル様、は、恥ずかしいです！」

「戻ってますよ？　フェリ」

「んあっ」

ずんと奥を突かれて快感に目の前が真っ白になりそうです。

「後ろからの方がフェリの良いところを擦ってあげられそうですね」

「ラ、ラメルさ……」

「ああ。私を精一杯迎え入れて、なんて健気なんでしょう」

「んあ。そ、そこ。やああ。ああ」

「奥が良いんですね。ん、ああ。そんなに締めつけたら」

「はっ、ああ、ああ」

パンパンとラメル様の腰の動きが激しくなるほどお尻の当たる音とそれに合わせて水面がぱちゃぱちゃと波立つ音もします。でも、何よりも私を興奮させるのはラメル様の甘い声と息遣いで、体を揺すられるたびにもっともっとラメル様を求めてしまいます。

「フェリ、中に出していいですか？」

「ラ、ラメル、だ、出して。い、いっぱい……」

「ああっ。もう、可愛すぎる！　いくよ！」

「はうっっつ。ああ、あああっ」

「フェリっ」

　えぐるように中を突きながらラメル様が最奥で精を放ったのが分かりました。快感と幸せで頭がフワフワします。

「愛してます。ラメル……」

　そう言うとラメル様が背中からギュッと抱きしめて耳元で『私も愛してます』と言ってくださいました。

　それから『さあ、また温まりましょうね』というラメル様に湯の中に戻されて精を掻き出されるという辱めを受けました。うう。誰が掃除するというのでしょうか。

　ラメル様が私の膝裏を抱えて湯から出るといつの間にか高台が置いてあり、その上にマットが用意されていました。サウナの部屋の前にあったのですが気づかなかったようです。

「ここは地熱があるので温かいですから」

「……」

　言いながらラメル様が私をマットの上に座らせてタオルで拭いてくれました。できればもう、横になりたい気分です。まだ全裸ですけど。

「あの、今日はもう、終わりでは？」

大判のタオルで体を包んで脱力しながらラメル様にお願いを込めて言いました。最近は一回で終わっていたはずです。ここに着いてからは毎日してますしね。落ち着いたら部屋に戻って寝ましょう。

そう思って言いましたがラメル様は別の話をし出しました。

「療養所にはマッサージのサービスもあるといいと思いませんか？」

「へ？　あ、マッサージ……ですか？」

「ええ。フェリはマッサージできますか？」

「昔少しだけ習ったかと。下手かもしれませんがしましょうか？」

「フェリが、私に？　嬉しいです」

「あ、でもちょっと裸のままでは恥ずかしいです。タオルも短いですから」

大判と言っても胸で留めると下が際どいです。

「もう赤い箱しか残ってませんね……」

「アレは……破廉恥極まりないのですけど」

「でも、私しかいませんから。裸よりマシなら着たらどうですか」

「……そうでしょうか」

「誰も見ていませんし私も着てこようかな」

「……」

私が迷っているとラメル様はさっと立ち上がって着替えに行ってしまいました。あう。どうしよう。

仕方ないので私も着替えに行きました。

「……しかし、これは」

赤い箱からスケスケの服を出します。うーん。これは下着も両方ともピンクです。

「あ、でも」

前を重ねるデザインなので思っていたよりは透けないかも……。下着ってこれ、つける意味あるのかしら。でも、ないよりはマシ……なんだろうけれど。やたらリボンがついています。こんなものを施設で着る服にしようと提案するでしょうか……。やや諦めながら下着をつけて透けてはいますが膝上のパンツも上に穿いて鏡で自分を確認しました。

「……はあ」

自分では似合っているとは一ミリも思わない鏡に映る私。それでもラメル様の顔を思い浮かべて上げていた髪もおろしました。

気持ちを奮い立たせてお風呂場に戻ると高台のマットの上でラメル様が子供みたいに足を揺らしながら座っていました。――ラメル様は青い箱と変わらない普通の服ではないですか！　ズルい！

「……」

ラメル様の両手を取って正面に立ちました。揺らしていた足をぴたりと止めてラメル様が私の姿をジッと確認しました。

私。

なんとなくわかってしまったんです。

「ラメル、どうですか？」

「え、あ。その。き、綺麗(きれい)です」

「赤の箱はラメルが私に着てほしかった衣装ですね？」

「……」

私のこんな姿を誰が見たいのだと思ってしまいますが……見たいのです。この目の前の男の人は。

「施設用の提案の服は黄色と青い箱なのですね？　青い箱の下着もラメル様の趣味ですか？」

「え、ええと」

普段様々な物事を即決、即判断するラメル様が私の前で狼狽えています。とても珍しいことです。

じっとラメル様を見ながらくるりと回ってみると無表情で私の姿を追っています。

「どうなのですか？」

トドメに髪を掻き上げてみるとそれも食い入るようにジッと見ています。ラメル様は私が髪を下ろした姿がとてもお好きだと分かっています。これが私にこのイヤラシイ衣装を着てもらいたいためにあの宰相補佐様が画策したことでなければ私の方が赤っ恥です。

「……すみません。ジョシアにぐっと夜が盛り上がると聞いてフェリに着てもらおうと用意しました」

「……」

白状なさいましたね……やっぱり。

「でも、こうでもしないとフェリは着ないでしょう？」

「確かに、素直には着なかったかもしれませんね」

「やはり」

「でも。私だってラメルに好かれるためなら頑張らないでもないかも？　ほら、現に今だって……死ぬほど恥ずかしいのに着てきたじゃないですか」

「私のために？」

「ラメルのために」

「どうしてだか聞いていいですか？」

「もう。そればっかりですね。……ラメルが好きだからです」

「フェリ」

「さあ、そこに寝転んでください。マッサージしますよ。昔、習ったと言いましたが実は父には好評だったんです」

ラメル様がマットの上にうつぶせに寝転ぶのを確認して指を動かします。久しぶりなので上手くできるといいのですが。ぐっと親指に力を入れてラメル様の肩を押します。うーん。相当凝っておられるようです。

「凝ってますね。強さはどうですか？　強いですか？」

「ちょうど良いです。ふは。上手いですね。癖になりそうです」

普段は机での仕事も多いために肩が凝るのでしょう。多忙なのに、私の為にエモナルをこんなにまで大きくしてくれたのです。まあ、この際私の衣装は置いておいて、ラメル様が素晴らしい旦那様であることには変わりありません。気持ちよさそうなラメル様に気を良くした私は力の入り具合がいまひとつだと台の上のマットに上がりました。ラメル様をまたいで肩甲骨辺りを押します。時折『うっ』とか気持ちよさそうな声が聞こえてきて楽しくなってきました。背骨に沿って背中を押して、凝りを少しずつほぐしていきます。

「あ。そう言えばジョシアがマッサージ用のオイルをくれていたんです」

「オイルですか？」

「ええ。そこの籠に」

「ああ。これですね」

一度マットから降りるとラメル様が教えてくれた場所にあった瓶を手に取りました。蓋を開けるとバラの香りが広がりました。うーん、これは王室御用達の滅多にお目にかかれないオイルです。王妃様ですら入浴後に特別な時にだけ使っておられました。

「血行が良くなるそうです」

「ええ。知ってます。王妃様でも滅多に使われない代物です」

少し、躊躇（ためら）いましたが大事な旦那様に使うのですから問題ないはずです。再びラメル様のところへ戻ろうとしたらラメル様が上半身裸になっておられました。オイルを使うのだからそうなりますよね。

「では、いきます」

「お願いします」

ラメル様の背中にたらり、とオイルを垂らすと浴室中にバラの良い香りが広がりました。

「良い匂いですね」

「ええ。とっても」

さあさあ、ラメル様には休んでもらわないと。少しでも体が休まるように頑張ります。再び背中を手で押します。オイルのお陰か肌の滑りが良くなっています。でも。直接肌に触れるとなんだかちょっと変な気にもなってしまいそうです。先ほどまで激しく抱かれていたのですから仕方ないと言えば仕方ないのですが。ダメダメ。マッサージに集中しないと。

「フェリ、仰向（あおむ）けになってもいいですか？」

「え？」

ラメル様がそう言い出しましたがマッサージしているのになんで仰向け？　と疑問に思います。でもさっさとくるりと仰向けになったラメル様が私をジッと見上げていました。私はラメル様をまたいだままです。

「オイルを垂らして」

「あ、はい？」

ラメル様にお願いされてバラのオイルをラメル様の胸に垂らしました。あ、や、これはちょっとイケナイことをしている感じがします。でも、ちょっと前から気になっていたんです。男の人も乳首って気持ちのいいものなのでしょうか。オイルを塗るついでに指でラメル様の乳首に軽く触れてみました。

「え、フェリ？」

「や、あ、あの、ごめんなさい？」

ラメル様の体がピクリと反応しました。これは。気持ちいいのでは……。むくむくと湧いてきた悪戯心にまた指がラメル様の乳首に触れました。クニクニといつも私がされるように乳首をつつくと硬くなってきました。こ、これは楽しいかも……。ラメル様を見ると満更でない様子。嫌ならそう言うでしょう。調子に乗った私は思い切ってラメル様の乳首をペロリと舌で舐めて見ました。

「え、ちょ……」

狼狽えるラメル様が……可愛いとか。さらに調子に乗った私はラメル様の乳首を甘噛みしてみるとラメル様の甘い声を聞けることになりました。その声にまた気を良くしているとラメル『ふっ』とかラメル様の甘い声を聞けることになりました。

様の手が私の太ももに伸びてきていました。

「フェリ、そのまま。髪を耳にかけて」

要望に応えるべくラメル様を見つめながら髪を耳にかけてチロリと乳首を舐めるとラメル様が『うう』と唸（うな）ります。

「し、下も舐めてくれますか？」

下？　と疑問に思っているとラメル様が自分で下穿きを脱ぎ去りました。グン、と出てきたのは先ほどまで私を翻弄していたラメル様の分身です。え。下って、これのこと？

「や、やはり、いいです」

固まる私にラメル様が両手で股間を隠されました。うーん。私はよくラメル様に舐められています。男の人のそれをまじまじ見るのも初めてですが……ラメル様が喜ぶなら。

私は体をずらしてラメル様の股間の位置まで移動しました。ラメル様が隠している手を軽く掴むといとも簡単にその手は取り払われました。

……これが。

男の人の象徴……。

ちょっとグロい？　じっと見ているとラメル様の視線に気がつきました。何か、私を一生懸命に眺めています。表情は読み取れませんが不安なのでしょうか。うう。可愛いかも。観念して耳に髪をかけてからそっと舌を這わせてみました。

「くうっ」

艶めかしいラメル様の声が聞こえます。ちょっと気分が良いかも。いつもラメル様が私のことを翻弄して楽しんでおられるのが分かります。ペロペロと竿を舐め上げるとぴくぴくと感じているのか動きます。最初はちょっと、なんだかなって思ってしまいましたがラメル様のものだと思うとだんだんと気にならなくなりました。愛しささえ感じてしまうかも。

「フェリ……」

切なそうな声が聞こえてくるとますますラメル様を気持ちよくしてあげたくて張り切ってしまいます。そのうち、パクリとラメル様を口に迎え入れると口全体で刺激してみました。ペロペロすると先端から何やら出てきます。

「フェリ！　ちょっと、待って！」

静止の声を聞いて口を離します。嫌だったのでしょうか。

「気持ちよくありませんでしたか？」

首をかしげて聞いてみるとしどろもどろといったふうにラメル様が答えます。

「え。……いや、その逆です。き、気持ちよすぎて」

「では、問題ないですね。どうしたらラメルは気持ちいいですか？」

「あ、そ、それは上下に擦ってもらえると」

「こふでふか（こうですか）？」

「フェリ！　だから！」

再び口に含んで頭を動かすとラメル様が上半身を起こしました。せっかく頑張ろうとしたのにちゅぽんと口からラメル様が出ていかれました。

「そんなことされてしまうと精が出てしまいます。貴方の中に出したいので」

「そうなのですか？」

「そうですよ。フェリが思っていたより大胆でもう、どうにかなりそうです」

「駄目でしたか？」

「いえ、虜になります。さあ、可愛い私の奥さん。口づけをしましょう」

「え、と」

今の今まで貴方のものを口に入れていましたが。良いのでしょうか。けれども考える間もなくラメル様が私の上半身を引き上げてキスしてきます。気持ちがフワフワしてキスすると幸せになります。

「口に入れるなんて嫌じゃなかったのですか？」

「ラメルのものだと思うと不思議と嫌ではなかったです」

「私のものですけど、フェリのものでもあります」

「え、そうなのですか」

「ええ。貴方のものです」

そんな風に言われてカアアァと顔に血が上りました。

「オイルを垂らしてくれますか?」

「え」

ラメル様が手を出しています。言われるがままそこにバラのオイルを垂らしました。

「はうっ」

ラメル様は私のスケスケの下穿きを膝までおろし、下着を横へとずらしました。オイルのぬめりも手伝ってするりと指が私の膣(なか)へと入ってきました。

「ここも。私のものです」

「はっ。ううん」

「いえ。貴方の全ては私のものです」

「あ、ああっ」

「フェリ。自分で挿入(い)れられますか?」

「え、ええ?」

「挿入(い)れて?」

懇願するように言われておずおずと膝から下穿きを抜き取ります。最後の一枚も取り去ろうとしましたがそれはラメル様の手に止められました。このまま、ということなのでしょう。

私が挿入(い)れやすいようにとでもいうようにラメル様が再び仰向けになります。意を決してラメル様の上を向いた性器を手で優しく掴むと自分の穴へと導きました。ゆっくりと手を添えながら腰を落とします。私の膣はラメル様をよろこんで迎え入れました。

「ふはぁ……ふ、ふかいぃ」

いつもよりも自分の体重が乗っているせいなのか深く突き刺さります。ぐりぐりと子宮の入り口が開かれるような感覚です。しばらくは腰を下ろすことに集中していましたがようやく全てを受け入れることができて私とラメル様は完全に密着しました。これは。やり遂げた気持ちがこみ上げてきます。やりました！　と期待を込めてラメル様を見るとまたジッと私を見つめていました。

「これが、ジョシアが言っていた男のロマン……騎乗位……」

何やらラメル様らしくない言葉が聞こえた気もしますが、考える間もなく、軽くラメル様に揺さぶられました。中が刺激されてしまいます。

「フェリが良いように動いてください」

「そ、そう言われても……ま、待って、動かさないで……」

やっと収まったところなのです。下からゆるゆると突かれると息が上がります。

「お尻を持ち上げて、少し引き抜いてからまた腰を下ろしてください」

「かはっ。う、ううん。こ、こう、ですか？」

腰を浮かしてラメル様が中から出る前にまた腰を沈めます。少し前のめりになって懸命に腰を揺らす私をラメル様がギラギラした目で見ていました。

「ん、んん。はっ、ううん、んんんっ!?」

ラメル様の胸に手をついて頑張っているといつの間にかラメル様が下から私の胸を鷲掴みにしています。

「も、ああ。これは……フェリが愛おしすぎて怖い……」

「ラメル、はあ。きもち、い？」

息も絶え絶えに聞くとラメル様が下から激しく突き上げてきました。

「ちょ、ま、待って……は、はぁ、はやっい」

がつがつと下から上に揺さぶられてまるで馬に乗っているかのようです。ああ。だから騎乗位……。いえ、納得している場合では……。

「フェリ！」

その興奮した声でラメル様が体を起こします。私はラメル様の体を挟むように受け入れながら後頭部を手で押さえられ深い深いキスを受けました。激しすぎて息が上手くできません。

「はあ、はあ、はあ……」

ようやく唇が離れていくのを見ると私の唇からラメル様の唇に唾液の銀色の糸が引いていました。下は繋がったままです。

「フェリ。覚えてます？」

そう言われてまた体に熱が湧いてくるようです。そうです。この体勢は私たちが初めて媚薬に侵されて繋がった時の形です。顔が熱くなるのを感じながら私はコクリと小さく頷きました。

「あの時、フェリと繋がったことにこの上ない幸福を味わったんです」

「わ、私も、幸せでした。薬の、せい……でしょうけれど」

「ずっと確かめたかった。あれ以上の幸福を味わえるか」

「ラメル……」

「フェリを愛してます。今、あの時よりもずっと幸せです。貴方は私を幸せにしてくれる」

「私も、ラメルを愛してます」

「もっと、もっと、好きにさせるから……」

「ふふ……それは、無理です」

「ええ?」

「これ以上は好きになれません。私もラメルが好きすぎて怖いくらいです……」

「フェリ！　ああ、もう、貴方はなんて可愛いんだろう！」

「え、ちょ、ラ、ラメル!?」

「愛してる！」

「ああっ」

興奮したラメル様は私のお尻を両手で掴んで腰を打ち込んできます。ガツガツと容赦なく最奥を突かれて、もう私の口からは喘ぎ声しか出ませんでした。

「ん、んんー（待って、待って！）」

「フェリ！　フェリ！」

「ああっ、あああっ（激しすぎる！）」

ラメル様のぬるい汗が飛んで私の中でラメル様が爆（は）ぜたのが分かりました。これも、初めての時と同じです。

——あの時は朦朧（もうろう）としていて。でもラメル様を愛していて、愛されていて。まやかしだったかもしれないけれど。とても幸せでした。

——今、確かにラメル様を愛していると断言できて、ラメル様もとっても愛してくださってるようで。これ以上の幸せはないのだと思います。

ラメル様の言う通り、あの時よりずっと幸せだと感じます。可愛いローダも授けてもらって、大切にしてもらっています。ラメル様はことあるごとに私が幸せを運んでくれると言ってくれますが、私の方が幸せにしていただいています。ぎゅう。と背中に回していた腕に力を込めると、こめかみにラメル様がキスをしてくれました。

じわり、と私はラメル様の腕の中で幸福を味わっていたのでした。

＊＊＊

「今日のフェリは妖艶で、悪戯っ子で、いじらしくて、もう、なんて言えばいいか。何回でもできそうです」

　しばらく抱き合いながらまどろんでいるとラメル様がそんなことを言い出しました。

「え？」

　ラメル様の指が私のスケスケの服の前の合わせ目に潜り込みます。う、嘘ですよね。私、すっごい頑張ったんですけど。もうへとへとなんです。

「どこまで私を魅了すれば済むのでしょうね」

「あ、いや、そんなことは……」

　艶のある声で言うラメル様こそなんだか妖しい雰囲気です。思わず前の合わせを両手で押さえてラメル様を見上げます。

「誘ってます？」

「さ、誘って……？？」

　ラメル様の視線を追うと合わせ目を手でギュッと押さえすぎて裾が上がっていて足のつけ根まで丸見えになっていました。

「いけない人ですね。私を堕落させてしまう」

「あ、いや、その、今日はもう」

「……そうですね。オイルで体もぬるぬるですし、フェリも私の精液で膣が気持ち悪いでしょう。綺麗にして寝室へいきましょう」

飄々と言いながらラメル様が私を抱き上げてまた湯の中へ。アレを、またやるっていうんですか!! しかも今度は大理石の浴槽の方で！　だから！　誰が掃除を!!

「ラ、ラメル、ダメっ」

「ほら、大人しくして。でないと余計に時間がかかりますよ」

「だって、指で中を擦るじゃないですか！」

「掻き出すのですから仕方ないでしょう？　気持ちいいの？」

「し、知らないです！」

「可愛いなぁ。では自分でします？　その場合、見っててあげますね」

「み、見てて！　や、そんなの！」

「でも、ほら、フェリはふらふらなのですから危ないですよ」

「誰のせいで！」

「私のせいですね。ですから私がします」

「う……」

「さあ、これも脱いでしまいましょうね」

合わせ目から入ってきたラメル様の手は私の乳房に引っかかった胸当てのような紐をつまむとあろうことか上下に揺さぶります。

「はううっ。ダ、ダメ……！」

「ふふ。乳首が擦れて感じてしまうのですね」

「も、許して、ラメル……」

結局、我が国が誇る宰相補佐様には敵わなくて、事後の処理も私が泣いてもう良いですと懇願するまで丹念に丹念に綺麗にされました。意地悪なんですか？　本当は意地悪ではないのですか⁉

その後、隠されていた普通のネグリジェを着せられて寝室に連れていってもらいましたが今夜も魔王様は疲れ知らずで。

それは、もう、朝起きた時には指一本動かすのもだるくなるまで付き合わされてしまいました。

「ああ。可愛い。可愛いフェリ……」

繰り返される甘い言葉にもう、お腹がいっぱいです。こんなに言ってしまって一生分言ってしまわれたのではないでしょうか。ええ。もちろん私も何度も何度も好きだと言わされましたけれど。

朝日が部屋を照らすのを眩しく寝台で感じながら体を動かすのも億劫でした。涼しげに満足した顔で眠る旦那様を見てちょっとだけ憎らしく思ったのも今朝は許されるはずです。

このままでは抱きつぶされてしまいそうで――城に戻ればラメル様は仕事漬けになると知ってはいますが、ちょっとだけ早く城に帰りたくなった私です。

＊＊フェリとローダと休日と＊＊

ローダが一歳に近づく頃、庭でローダに日向ぼっこさせながら、私は経済書の続きを読んでいました。寝てばかりだったローダは、日に日に活発になり、最近は足の力もしっかりしてきて、ぴょんぴょんと小さな足を動かしています。

常日頃、お忙しいラメル様ですが、この時期、大切な書類の処理があるようで、夜遅く帰ることも多いです。昼食に屋敷に帰ることも出来ず、ローダに接する時間も少しです。成長する我が子を感じる時間が持てないのは、可哀想に思えます。表情には見えませんが、人一倍、愛情深い人です。なにか、出来ることはないか、と、ぼんやりと考えていました。

「フェリ。今日はいいお天気ね。ローダ～。おばあちゃんに、抱っこさせてね」

「おはようございます。お義母様」

そこに現れたのはお義母様です。お義母様は、こうやって、いつも私とローダの事を……いいえ、ソテラ家の皆さんは、いつも私とローダを気にかけてくれます。ハイハイを覚えたローダは柔らかいマットの上を自由に動き回ります。大好きなおばあさまを見つけると、さっそく、そちらに向かっていきました。

「だっ、だっー」

抱っこされたローダはご満悦で、お義母様に話しかけました。

「まあまあ、私のところへ来てくれるの?」

「ばうあー、ぶ、ぶ」

「なんて、可愛いのかしら。うふふ、おしゃべりさんね。ローダが初めて話す言葉は何かしら。ええと。ラメルの時は、「かあたん」(かあさま)で、成功したのよね。アメリはアントンに押し負けて、「とお」(とおさま)で、ステアは……何だったかしら……ああ、「んまんま」(ごはんのこと)だわ」

「そうだったんですか」

「フェリも頑張れば、「かあさま」の第一声を聞けるわよ」

「ふふ。頑張ってみます」

「まあ、どんな言葉でも、嬉しいものだけどね」

我が子の成長を感じられるのは、とても嬉しいです。ちょっと心配でしたが、ローダは表情豊かで、良く笑います。これがまた、可愛くて、食べてしまいたいくらいです。

「初めての言葉……」

お義母さまの言葉で、私はひらめきました。ローダの「初めての言葉」が「とうさま」だったら、ラメル様はどんなにお喜びになるでしょう。さっそく、私はオリビアに相談することにしました。

「オリビア、ちょっと相談したいのですが、ローダの初めての言葉を「とうさま」にすれば、ラメル様が、お喜びになるんじゃないかと思っているのです。でも、どうやって、それを教えようかと……」

「……ふふ。フェリ様は、可愛いことを考えつくのですね」

「笑わないでください」

「ごめんなさい。ラメル様も幸せ者ですね。でも、そもそも、ラメル様がローダ様とお会いになる時間は少ないのではないですか？」

「そこが、問題なのですよね」

「これは、チェリカにも協力してもらう必要がありますね。ローダ様のお世話をしているのですから」

「そうですね。いや、でも、ちょっと、この話を持ち出すのが、恥ずかしくなってきました」

「もう、今さら何を、おっしゃられるのやら」

「……オリビアが笑うからではないですか」

「だから、すみませんて。チェリカ、ローダ様を連れてきて、相談があるの」

オリビアが声をかけると、チェリカがローダを連れてきてくれました。

「……なるほど。奥様のお気持ちはわかりました。きっとラメル様もお喜びになるでしょう。けれども、初めての言葉というのは、なかなか難しいので……。あくまでラメル様を「とうさま」とお呼びすることに集中しましょう。思い通りに進まないのも子育てですので、奥様にも、ローダ様にも、負担がかからないように頑張りましょう」

「ええ。そうですね。チェリカがそう言ってくれると頼もしいわ」

ニカッと笑ったチェリカのスイッチが入ったように思いました。最近分かったのですが、わりと、熱い方なんですよね。

そうして、チェリカの力も借りて、私たちの「ローダのおとうさま呼び」計画が始動したのです。

「ラメル様の肖像画を使いましょう」

「肖像画で覚えさせるのは、シュールじゃないですか?」

「……気にしたら負けです。他に方法もないのですから」

オリビアが、屋敷のどこかから、ラメル様の肖像画を取ってきてくれました。思いのほか、お顔が大きく描かれているので、これは分かりやすそうです。

「ローダ、「とうさま」ですよ?」

「だー、あうあ。きゃはは」

ローダを抱っこしながら肖像画を指さして教えます。そうそう、ローダはとっても賢い子ですから、貴方の瞳の色と同じ、グリーン色の瞳の美男子の呼び名を覚えてくださいね。

楽しみながらも私たちは、ことあるごとに、ローダに「とうさま」を教えることにしました。

そんな日々を過ごしていた深夜、ギシリ、とベッドが沈んだのを感じて、私は目を覚ましました。

「さすがに、働きづめではないでしょうか？　大丈夫なのですか？」

今日も遅くに帰って来られたラメル様に、体を起こして尋ねます。

「……起こしてしまいましたか。すみません。仕事は、ほぼ片付いています。問題は、私がいないと回らない、ということでしてね。少し、やり方を変えようと試みているんです。新体制が上手く回りだしたら、余裕が出てくるはずだから、もう少しの辛抱といったところです。フェリには心配をかけてしまいました」

「いえ、私は心配することしか出来ませんから。あまり、無理はなさらないでくださいね」

「ええ。大体のことは今日、落ち着いたので、明日は休みを取ります。ローダを連れて、散歩にでも行きましょう」

「本当ですか？　嬉しいです」

これは、明日、私たちの頑張りが実るかもしれません。

「フェリ、それより、少し、聞きたいことがあるのですが」

「なんでしょう」

「これ、なのですが」

「あっ！」

「どうして私の肖像画がここに？」

ラメル様が取り出したのは、私がクローゼットに隠していた、ラメル様の肖像画でした。え、嘘。どうして、バレたのかしら！

「あ、あの……それは」

「さすがに、十八歳の時の肖像画を持ち出されると、恥ずかしいのですが」

「それは、その」

「そんなに、寂しかったですか？」

「……え。ええ。それは、もちろん」

「ふふ。可愛い人。私も、フェリとローダの肖像画を、執務室に飾ろうかな。来週あたりに画家を手配しましょう」

「そ、それなら、家族で描いてもらいたいです」

「ええ。いいですね」

ラメル様は肖像画を裏返しにベッド脇におくと、シーツの中に入ってきて、後ろから、私を引き寄せます。あれ？　肩紐が落ちたのは気のせいでしょうか。

「んっ……」

ラメル様の唇が私の肩を滑ります。どうやら、気のせいではないようです。

「本物の方が、いいでしょう？」

「もちろん……。あの、疲れているのでは？」

「貴方に触れていると、癒されるので」

ムニュりと後ろから、胸を掴まれます。

「あ、あの、胸は……」

「ああ。まだミルクがでるのですね」

「はあ……んっ」

侵入してきたラメル様の手が私の乳房をやわやわと揺らして、乳首をキュッと摘まみます。すると、そこからミルクが垂れてしまってラメル様の指を濡らしてしまいました。は、恥ずかしいです。

「ラ、ラメル様……」

「溢れてきましたね」

ちゅう、と肩を吸われながら、乳首を指で刺激されると、またミルクが溢れ出てしまいます。

「んんっ」

プチプチと前ボタンを外されると、解放された胸がふるりと飛び出ました。

「大きくなりましたね」

「……ふうぅ……ゆ、揺らさないでください」

ローダを産んでから胸が大きくなったようで、服のサイズも変更しています。

「ふふ。感度はそのままですね。いや、良くなったのかも」

ポタポタとミルクが落ちます。ラメル様はそんなこともお構いなしに私の胸を虐めてきます。

「こちらも溢れてきましたね」

「あっ……」

下肢を探った手が、ぬかるみに到達すると、くりくりと敏感な粒を攻め立ててきます。ちゃぷちゃぷと水音が聞こえてくると、恥ずかしくて仕方ありません。

「もう、挿入れても、いいですか？」

ラメル様は横から覆いかぶさるように私を抱きしめると耳元で囁かれました。耳に触れる吐息すら敏感に反応してしまいます。余裕なく、コクリと頷くと、ぐっとラメル様が潜り込んできました。

「はあっ……」

グッと奥まで差し入れられると、私の膣がキュウキュウとラメル様を締め付けました。

「締め付けられると、好きだと言われているようで、すぐに出してしまいそうになる」

「ラメル様が好きですから……んっ」

「もう、本当に、私をどうしたいのですか。フェリ、私も愛してます」

愛してると言われて、私の体も喜びます。

「ああっ……ふかい……」

これ以上ないくらいに深く潜り込まれて、奥をコツコツと刺激されます。そうしてから、ゆっくりと入り口まで引きぬくと、またゆっくりと奥まで戻ってきます。じわじわと快感を伴って、体は熱くなり、ラメル様をもっともっと欲しくなってしまいます。

「ん……はあ……」

「気持ち、いいね……」

体が熱くなって、乳首を指で摘まれると、ミルクが噴き出してしまいます。シーツを濡らしてしまうのに、ラメル様は止めるつもりはないようです。

「シーツが……」

「そんなこと、まだ気にする余裕があるの？」

「はうっ」

私が訴えると、横から繋がったまま、ラメル様が私の片足を開きます。腰をグッと押しつけられて、ゆっくりだった律動が速度を増します。

「え、あ、あぅっ」

「集中して、フェリ……感じて」

「ああぅ……か、感じてます……ああっ」

奥をグリグリと押しつけられ、体がゆさぶられます。それに合わせてフルフルと胸も揺れました。

「いっぱい、注いであげますからね」

「いっ……いっぱい……んんっ」

パンパンと打ち付けられて、その快感と衝撃を、シーツを掴むことで耐えるしかありません。

「受け取って……っ」

「くううっ」

理性が焼き切れるような、狂おしい快感が突き抜けました。ラメル様の熱が私の中で広がります。

ゆっくりと上げられた足を戻されると、体をぴったりとつけて、繋がったまま、まどろんでいました。

「このまま、繋がっていたいな」

耳元でそんなことを言われてしまえばもう、私は体を震わすことしかできません。私も、このまま、ラメル様と溶け合ってしまいたいです。

「明日のお散歩は……どこへ行かれますか？」

「ジョシアには許可を取っていますから、城の裏の森はどうですか？　近いし、木陰のある広場もあります。シートを広げればローダもハイハイができるでしょう。できるようになったと貴方に聞いてから、私も見たくてしかたありません」

「ふふふ。可愛いですよ」

「フェリ……」

「あ……」

「抜けてしまいましたね」

ずるりとラメル様が私の体から、出て行ってしまいました。体の向きを変えて、今度は愛しい旦那様の顔を見ることにします。お互い、顔が向き合えば、自然と唇が重なりました。

ちゅ、っとリップ音を立てて、顔を離すとラメル様がジッと私を見つめていました。さあ、明日はお出かけです。もう、眠らないといけません。ラメル様もお疲れでしょう。簡単に体を清めて、とラメル様の腕から抜け出そうと体を動かしました。が、ラメル様の腕が私の背中に回っています。

「ラメル様？」

もう、お休みに、と発言しようとした口はまたラメル様の唇にふさがれてしまいました。

――これは、よくない流れです……。

「フェリ、次は、貴方の顔を見て、繋がりたいです」

口内を暴れまわっていた舌が名残惜し気に出て行くと、艶のある声でそんなことを言われます。

「お、お疲れなのでは……」

「もう少しだけ、貴方を感じさせて」

懇願されて、突っぱねるようなことはできません。

「も、もう少しだけです……」

「ええ。わかってます」

私の了解を得るとラメル様の唇が顎から首筋を滑りました。

「んっ……」

あれ、これって、許しちゃいけなかったのでは……。そんな考えもよぎりましたが、もう、ラメル様を止めることは出来ません。

「ふふ。蕩けたフェリの顔……かわいい」

ああ、もう……。そのまま、拒むことも出来ず、ラメル様を受け入れました。

結局、明け方までラメル様に付き合わされてしまい、寝坊する羽目になった私は、次からは、きっぱり断らないと、と心に誓いました。

＊＊＊

「いいお天気ですね」

出発は少々遅れたものの、なんとか、ローダを連れて王家の森にお邪魔させて頂きました。小川の流れる小道を進むと、別荘が建てられています。ちょっとした避暑に作られた屋敷は快適です。浅く作られた小川で足を浸すこともでき、子供たちが、伸び伸びと遊べるように作られていました。

「素晴らしいところですね」

「私も小さい頃に、何度もここに来たことがあるのですよ」

チェリカがふかふかのマットを、小川の近くの広場に敷いてくれました。ちょうど日陰が出来るよう木が植えられていて、ブランコがついていました。これは子供が喜びそうです。

「さあ、ローダ、こっちにおいで」

チェリカがマットの上にローダを下ろすと、ラメル様が声をかけました。キョトン、としたローダですが、ラメル様の方を向いて、にぱっと笑いました。

「おお」

ラメル様から驚きの声が零れます。滅多に聞けない動揺した声は、察するところ、ローダのハイハイが思っていたより素早かったからでしょう。普段はよく眠り、ほわほわしたほっぺのローダは、のんびり屋さんの印象ですが、これがハイハイの時は、なかなかの健脚を披露してくれるのです。

「驚かれましたか？」

「ええ」

ローダを抱き上げて膝に乗せたラメル様がローダの頬にキスを贈ります。わかります、もう、そのほっぺを見たら、キスをするしか、選択肢がありませんからね。その様子を見ながら、私とチェリカ、オリビアは頷き合いました。今こそ、私たちの努力が実る時です。

二人の隣に行くとローダが私を見て、手を伸ばして、抱っこをせがみました。ローダ、抱っこの前に、お願いします。

「ローダ、この人は？」

「あうあー。う？」

ローダが私の指先をジッと目で辿って、ラメル様を見ました。ごくりとその様子を見守ります。

「フェリ？」

待っていてください。ラメル様。ローダは賢い子です。きっとやり遂げます。

「ローダ、この人は？」

もう一度、私が繰り返すと、ローダの目がまた指先を辿っていきます。

「とう、とうた」

「え……？」

ラメル様の驚いた声が聞こえました。ついに、言えました！　ローダ！　なんて賢い娘なんでしょう！　レア級のラメル様のポカン顔。いえ、無表情に見えるかもしれませんが、私にはわかります。

誰がなんと言おうとも、ラメル様はこの上なく驚いているのです！

「フェリ、もしかして、ローダは、私の事を？」

「とうさま、と言いました」

「とうた……うふぅ」

ラメル様がローダの脇に手を入れて抱き上げます。体が浮いたローダがキャッキャッと笑います。

「フェリ、ローダは天才でしょうか」

「ええ。ラメル様。間違いなく、天才です」

「う、ふーっ、あーっ」

ああ、感動です。こんなに喜んでいるラメル様を見られるなんて、これまでの日々も報われます。

（無表情なので）成功したことを知らせるために、私はチェリカとオリビアに小さくガッツポーズを見せました。二人はそれに気づいてくれて、ほっと胸をなでおろし、喜んでくれています。

ふと、ローダに頰を寄せて喜びを感じているラメル様が、私をジッと見つめました。

「ローダ、この人は？」

「え？」

まさか、ラメル様に「この人は？」と返されるとは思っていなかったので、頭の中がまっしろになりました。

「うー、あ～？」

ローダの視線がラメル様の指を辿って、私にやってきました。

「とう……とうた！」

……あれ？　ラメル様がまた、私を指さして繰り返しました。

「ローダ、この人は？」

「とうた！　とうた～っ」

な、何故……。まさか、ローダは、指をさすと「とうさま」と言うことを覚えていたのでしょうか？　恐る恐る、私は震える指でローダに花の上にいたテントウムシを指さしました。

「とうたーっ、うふーっ」

満足げに私を見るローダに脱力です。そうですね、皆、ローダが言えた時には、とても褒めていましたものね。ガッカリして打ちひしがれる私に、ラメル様が肩を抱いてきました。

「色々と謎が解けました」

「……謎？」

「私の肖像画を使って、ローダに練習させていたのではないですか？」

「……」

「実は、ここへ来る前に、ダールに確認を取ったのです。オリビアが私の肖像画を借りていったとね。寂しい思いもさせていましたが、昨晩、フェリの歯切れが悪かったもので、気になったのです」

「そ、それは。ラメル様に喜んでもらおうと……」

「こんなことを企むなんて、貴方はなんて、可愛いのだろう。ローダの成長も見れて、貴方の優しさに触れて、私は今、幸せで胸がいっぱいです」

「そ、そう、思ってくださいますか？」

「ええ。可愛い妻と、娘と。この腕に抱えることが出来て、私は幸せものです」

「ラメル様……」

「だーっ、うう」

ローダが体を捻って私に抱っこをせがみます。私が愛しいローダを抱きかかえると、さらに私たちを抱えるようにラメル様に包み込まれました。

「可愛い、フェリとローダ」

ラメル様はそう、言ってローダのほっぺにキスを贈りました。

それを見て、私も真似っこして、反対側からローダのほっぺにキスをしました。

ローダが私たちに両側からキスをされて、キャーっと喜びます。

――そうして私たちは、久しぶりにのんびりと、休日を過ごすことが出来たのでした。

あとがき

まずこの本を手に取っていただいた貴方に感謝を。また元になったＷＥＢ小説を発表する場を設けてくださっている小説家になろう様、それを取り上げて本にしてくださった編集者様、一迅社様に感謝致します。

元々漫画や本を読むのが大好きだった私がＷＥＢ上で小説を読み始めたのはまだ子どもも小さい頃でした。夜泣きする子どもの隣で出来ることと言えばネットショッピングかネット小説を読むかぐらいです。ネットじゃなくてもよかったのでは？　いえいえ、数時間おきにおむつを替え、ミルクをやり、寝かしつける母親に電気をともして本をめくるなんて出来やしません。

小説には『夢』があります。魔法の世界や冒険、素敵な男性と素敵な恋！　しかもめくるめくモニャモニャまで付いてくるのです！

――と、まあ、はじめは書くつもりなんてなかったのですが、頭の中の妄想が漏れ出てしまいまして気が付けば夢にまでみた書籍に。人生何があるか分かりませんね。

しかし現実は厳しく、実は働いていた職場がなくなってしまった時に書籍化のお話を頂きました。就職活動も時期が悪くて停滞状態。加えて旦那様も失業するというダブルパンチ！　なかなかに世の中世知辛い。そんな時に書籍化のお話を頂いて気持ちが救われました。

私は元々は後ろ向きな性格で、起こりうる最悪の事態を考えてから、それよりはましな結果に満足して生きているような子でした。そんな暗黒期にどこかの国の人は、失敗しても『これは、今日こうなる運命だったのだ！』と現実を受け止め、しかし不幸を嘆きすぎない生き方をしていると耳にしました。凄い、超前向き。目から鱗が落ちました。そして無理矢理実践しているうちに、今では割と前向きなお気楽な性格に仕上がりました。ダメだったこともそれはそうなる運命だったのですから仕方ありません！　ええ。この先も夫共々頑張ります。

さて、『姫様、無理です！　～今をときめく宰相補佐様と関係をもつなんて～』は現実主義にしかなれなかった貧乏貴族のフェリが不測の事態で世の女性が憧れるラメルと結ばれて結婚するお話です。当初フェリサイドだけの話しか書いていなかったのでフェリが切なく悲しんでいるときも、ラメルはこう思ってて……と独りでニヤニヤしながら執筆していました。しかし、書き上げた時に、ラメル視点も読んでみたいと言ってくださる方がいて、『ラメルはちょっと残念男子なんだけれど』とドキドキしながらラメルサイドを仕上げました。私は完璧なヒーローよりちょっと難ありヒーローが好きなのでどの話もそんな男の人しか出てきません。ラメルも多分、フェリ視点のお話だけだったらカッコいいだけですんだでしょうに可哀そうでなりません。見た目は王子様のようなラメルには気の毒ですが、ラメル視点で少しでも笑ってもらえればと思います。

書籍にするにあたって大幅に本編も書き加えましたが、自分の書きたいことを書いて終わりだったものを編集者様にアドバイスを頂いて深く掘り下げて書くのはとても勉強になりました。

各キャラクターにこんな背景があって、こうなってて繋がっていく過程も楽しく執筆できました。一層キャラクターに愛着も湧いたほどです。そんなＷＥＢとは違う増量部分も書籍で楽しんでいただけたら嬉しく思います。

本編ではちょい役のフローラ姫は色々やらかしてとんでもない姫様です。それでも憎めないようなそんな飄々とした彼女を想像するのも楽しかったです。まあ、迷惑かけられた皆さんには申し訳ありませんので彼女には島流しになって反省して頂いています。

私が空想の世界で泣いたり、笑ったり、感動したりと誰かの物語で楽しんできたように、誰かのちょっとした楽しみにしてもらえるような物語を生み出せたらなぁ、と大それたことを想いながら日々ポツポツと執筆しております。

手に取って読んでくださった貴方のひと時でも楽しめるものになれたのならとても嬉しいです。

感謝を込めて。

竹輪（ちくわ）

王太子妃になんてなりたくない!! 王太子妃編

著▶月神サキ　イラスト▶蔦森えん

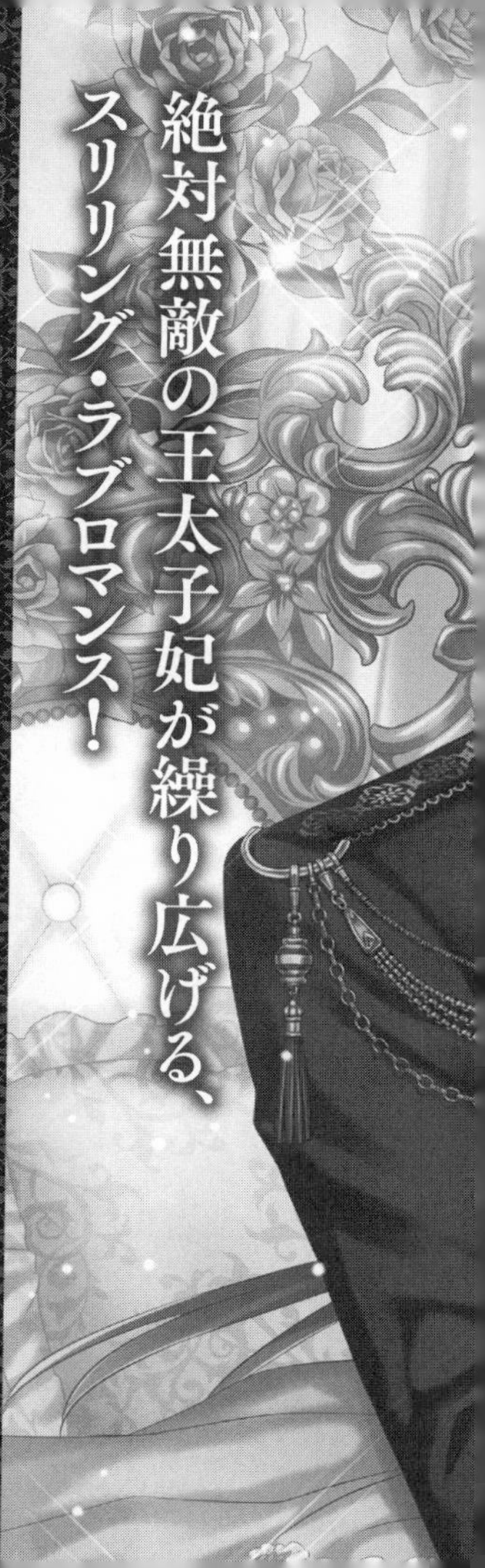

姫様、無理です！
〜今をときめく宰相補佐様と関係をもつなんて〜

竹輪

2021年9月5日 初版発行
2021年11月15日 第二刷発行

著者 竹輪
発行者 野内雅宏
発行所 株式会社一迅社
〒160-0022 東京都新宿区新宿3-1-13 京王新宿追分ビル5F
電話 03-5312-7432（編集）
電話 03-5312-6150（販売）
発売元：株式会社講談社（講談社・一迅社）
印刷・製本 大日本印刷株式会社
DTP 株式会社三協美術
装丁 AFTERGLOW

ISBN978-4-7580-9392-7

●本書は「ムーンライトノベルズ」（http://mnlt.syosetu.com/）に掲載されていたものを改稿の上書籍化したものです。

MELISSA
メリッサ文庫